»Wessen Geliebter bist DU*?«*
habe ich gefragt,
»DU, *der* DU *so unerträglich schön bist?«*
»Mein eigener«, antwortete ER,
»denn ich bin Eins und Allein,
Liebe, Liebender und Geliebter,
Spiegel, Schönheit und Auge.«

Fakhruddīn ʻIrāqī[1]

Fragmente einer Liebesgeschichte

»Alles, jedes Partikel in der Schöpfung, ist von göttlichem Licht erfüllt und umgeben. Wir sehen es nicht, weil unsere eigene Dunkelheit und unser Vergessen es uns verhüllen, aber es ist das Licht der Schöpfung, die sich ihres Schöpfers erinnert, oder das Licht des Selbstausdrucks des Schöpfers – der Pinselstrich des Großen Künstlers. Dieses Licht birgt die Alchemie der Schöpfung: Es ist der in dieser Welt lebendige *Spiritus Mercurius.* Es ist das der Materie innewohnende Mysterium der Wiedergeburt, bei der die Materie den Liebesbund zwischen dem Schöpfer und der Schöpfung feiert.«

»Ich bin zu der Überzeugung gelangt, dass es, auch wenn sich jedes Bild unserer selbst wie Tau aufgelöst hat, immer noch eine Geschichte gibt, die einen Sinn und eine Bedeutung hat. Die Liebesreise bringt viele Narben mit sich, oft Narben im Herzen, und sie wachsen sich nicht alle aus, auch wenn das ursprüngliche Leid nachgelassen hat. Sie berichten uns etwas darüber, was es heißt, menschlich zu sein, an der Stelle zu stehen, wo die beiden Meere zusammenfließen, und zu sehen, wie der tote Fisch lebendig wird. Und doch gehören diese Geschichten zu keiner Vergangenheit, weil es in Momenten wirklicher Erfahrung keine Zeit gibt, nur den kurzen Augenblick, der ist. Sie sind einfach Teil von dem, was ist. Sie sind ein wesentlicher Teil unserer menschlichen mystischen Erfahrung, dem tiefsten sich Kennen.«

»Sei nicht entmutigt, sei niemals entmutigt, auch wenn du dich so verloren und so missverstanden fühlst, wenn dich die Räder der Existenz ständig auf Straßen bringen, auf denen du lieber nicht reisen möchtest. Da gibt es dieses andere Land, diese Landschaft, die zur Liebe gehört. Das ist der Ort, wo die beiden Meere zusammenfließen, wo die Existenz ihre Geheimnisse enthüllt, wo die Zeit aufdeckt, was immer schon war, auch wenn du es noch nie zuvor gesehen hast.«

Fragmente einer Liebesgeschichte

Betrachtungen über das Leben eines Mystikers

von
Llewellyn Vaughan-Lee

Oneness Center Publishing

Deutsche Übersetzung: Sabine Reinhardt-Jost

Impressum

Die amerikanische Originalausgabe erschien unter dem Titel »Fragments of a Love Story« bei The Golden Sufi Center, P.O. Box 456, Point Reyes, California 94956

Lektorat: Bernd Jost
Buchgestaltung: Greta Horn, Braunschweig
Herstellung: Books on Demand GmbH, Norderstedt
www.oneness-center.ch
www.goldensufi.org

ISBN 978-3-9523830-2-5

Inhalt

Einführung

Der mystische Pfad ist die schwierigste, forderndste, gefährlichste und berauschendste Reise, die man je unternehmen kann. Sie führt einen in die Tiefen des Herzens, in den Abgrund und in die endlose Liebe, die man dort findet. Sie bringt einen vom Bekannten ins Unbekannte und dann weiter in das Unerkennbare, in eine Dunkelheit, strahlender als jedes Licht. Nichts kann einen auf die Reise des Herzens vorbereiten, auf die Stätten, wo sie einen hinzuleiten vermag, auf die Tiefen und Höhen, die in einem selbst sind. So viele Male denkt man, man sei verrückt, in die Irre geleitet, verloren. Es gibt da nur wenige Wegweiser, oft wenig Orientierung. Und doch haben Mystiker über die Jahrhunderte die Stationen dieser Reise, dieses Öffnens des Herzens, kartographiert. Sufis haben über die Kammern des Herzens und darüber geschrieben, wie sie vom Schmerz des Getrenntseins zurück zur Einheit führen, die die wahre Natur der Liebe ist. Für den Wanderer kann es eine große Erleichterung sein zu wissen, dass diese Reise aufgezeichnet ist und man den Fußspuren derer folgt, die vorausgegangen sind. Und doch ist es unsere ganz eigene Reise, ist es unser Herz, das von der Liebe gebrochen wird, ist es unser Kummer, unsere Seligkeit. Sie wird die Reise vom »Alleinigen zum All-Einen« genannt, weil wir allein gelassen werden mit dem Schrei unseres Herzens und allein sind an den Orten, wo sie uns hinnimmt, die schrecklich und auch wunderschön sind – Orte, über die es keine Bücher oder Geschichten gibt, keine Worte, die uns trösten, nur die Geschichte unseres eigenen Herzens, unserer Verwirrung, Sehnsucht und Liebe.

Ich bin den traditionellen Pfad der Sufis, der von der Trennung zurück zur Vereinigung führt, entlang genommen worden, auf dem man die illusionäre Natur des Ego entdeckt und zu der einfachen und grundlegenden Wahrheit erwacht, dass es nichts außer Gott gibt.[2] Wir sind immer mit Gott, und sogar die Vorstellung vom Pfad ist letztlich eine Illusion: Es gibt nichts, wo man hingehen kann, nichts zu erkennen, denn alles ist Gott. Und das hat in mir die fundamentale Frage aufgeworfen: Wenn alles Gott ist, wer ist dann dieses »Ich«, das die Reise von der Trennung zurück zur Vereinigung gemacht hat?

Dieses einfache Wissen, dass alles Eins und das »Ich« nur eine Illusion, ein Schleier der Trennung ist, hat mich auf die Frage nach der Natur des ganzen menschlichen Dramas gebracht, in dem sich unsere Sehnsucht und unser Bedürfnis nach Gott abspielen. Wie viel von »unserer« Geschichte ist »Gottes Geschichte«, und ist tatsächlich irgendetwas unser eigen? Ist diese ganze Idee von unserer Reise, unserer Geschichte, nur ein Fantasieprodukt, entstanden aus dem Wunsch, die Wahrheit unserer Nicht-Existenz, der Leere, zu verbergen, die uns immer verfolgt? Und ist das wichtig? Wenn eine Mutter um ihr Kind weint, sind ihre Tränen wirklich, wenn der Liebende von seiner Sehnsucht zerrissen wird, ist sein Herzschmerz wirklich, und wenn wir einen kurzen Blick auf das Licht erhaschen, das uns überall umgibt, ist die Freude auch wirklich.

Was also ist diese Liebesgeschichte, die sich im Herzen des Mystikers entfaltet? Was ist die wahre Natur der Reise eines Liebenden zurück zu Gott? Was gehört dem Liebenden, was ist unsere Geschichte, und was gehört dem Geliebten? Oder ist das alles nur eine Geschichte, Ein Licht, fragmentiert in so viele Teile, das doch immer Ein Licht bleibt?

Im gesamten Universum gibt es nur eine Liebesgeschichte, nämlich die vom Liebenden und Geliebten. Und doch wird diese eine Geschichte auf millionenfache Weise gelebt, wobei jede Geschichte ein einzigartiger Duft der Liebe ist. Jede Zelle in der Schöpfung lebt ihre eigene Liebesgeschichte, ihre Sehnsucht nach der QUELLE. Wir Menschen haben die Fähigkeit, diese Geschichte bewusst werden zu lassen, das Wesen unseres verborgenen Liebens zu erkennen.

Diese Liebesgeschichte ist es, die uns allen Sinn gibt. Für viele Leute ist sie nichts weiter als ein dumpfes Pulsieren im Hintergrund ihres Lebens, ein unbewusstes Gefühl, dass es mehr gibt als das oberflächliche Spiel der Ereignisse. Manche aber werden in die Tiefen dieses Liebesabenteuers, in dieses Erkennen der Liebe gezogen. Ihre Herzen und Seelen werden so von ihrem Sog erfasst, dass ihr ganzes Leben, ihr ganzes Wesen zu einer Darbringung an die Liebe wird.

Für die meisten dieser Menschen, die in diesem berauschenden Bann der Liebe gefangen sind, ist ihre Geschichte ihr Geheimnis – eine Liebesgeschichte, die zu intim ist, um sie mit anderen zu teilen. Manchmal haben sogar unser Verstand und unser Ego keine Ahnung von der Tiefe dieser Leidenschaft und wie dieser Ruf in uns lebt. Als ich sechzehn war, wurde ich zu einer Sehnsucht und einem Verlangen nach der WAHRHEIT erweckt, dessen wahre Natur ich viele Jahre lang nicht erkannte. Nur allmählich wurde mir mehr über diese verrückte Passion bewusst – wie sie sich in mir entfaltete und wie sie zu einer alten Tradition mystischer Liebe gehörte. Doch ich behielt noch meine Erfahrungen für mich. Sie gehörten zu meiner eigenen intimen Beziehung innerhalb meines Herzens.

Ein paar Jahre vor ihrem Tod sagte mir dann meine Lehrerin an einem Nachmittag, ich solle mein Schreiben und meine Vorträge persönlicher werden lassen, solle mehr von meiner eigenen Geschichte einbringen. Bis zu diesem Zeitpunkt hatte ich mich gesträubt, über mich zu sprechen, in dem Wissen, dass es das »Ich« ist, das zwischen uns und der WAHRHEIT steht, zwischen dem Liebenden und dem Geliebten. Ich hatte die Worte al-Hallājs in mein Inneres eingeprägt gefühlt: »Oh, Gott, entferne durch Deine Gnade dieses ›Ich bin es‹, das uns noch trennt.« Aber nachdem ich mit meiner Lehrerin gesprochen hatte, verstand ich die Notwendigkeit, dieses ›Ich bin es‹ einzubeziehen, um seine Geschichte von der Reise zu erzählen. Und so schrieb ich eine spirituelle Autobiographie, die mit einem Morgen in der Londoner U-Bahn beginnt, als ein paradoxer Zen-Ausspruch[3] in mir eine Tür zu dem Licht öffnete, das überall um mich herum war, zu der Freude und dem Lachen von dem, was WIRKLICH ist. Diese Geschichte endete fast dreißig Jahre später, als ich eines Morgens mitten in den verkohlten Hügeln einer vom Feuer zerstörten kalifornischen Landschaft mit den Worten aufwachte: »Er, der verloren war, ist heimgekehrt.«

Das war natürlich noch nicht das Ende der Reise. Als Dhū'l-Nūn am Meeresufer stand und fragte: »Was ist das Ende der Liebe?« wurde ihm gesagt: »Die Liebe hat kein Ende, weil der Geliebte kein Ende hat.« Die Reise der Liebe ist endlos. Sie verändert sich, manchmal wie Jahreszeiten und manchmal wie ein Erdbeben, das die Landschaft unwiederbringlich umformt. Und natürlich verändert sich auch unsere Wahrnehmung von der Reise, die Art, wie wir dieses Unendliche sich entfalten sehen. Letztes Jahr, als meine Autobiographie[4] neu aufgelegt wurde, habe ich versucht, ein Nachwort zu verfassen, um zu schildern, wie die Reise in den zehn Jahren, seit ich diese Geschichte geschrieben habe, weitergegangen ist. Und ich stellte fest, dass meine Wahrnehmung der ganzen Reise so verschieden war, dass ich jetzt ein völlig anderes Buch darüber schreiben würde. Ich sah die Reise nicht mehr so sehr aus der Perspektive eines fragmentierten Ich, das gerungen und gestrebt, das diese Reise der Transformation gemacht hatte, ich sah sie jetzt aus dem Gefühl von etwas Tieferem, Beständigerem, das in mir zu Bewusstsein gekommen war.

Als ich erkannte, wie sehr sich doch meine Wahrnehmung von der Reise verändert hatte, meditierte ich tief über die Frage »Wer macht die Reise?« Was ist die Beziehung vom »Ich« zum Größeren Ganzen, das aufgedeckt wird, auch wenn Es immer überall um uns ist? Es gibt eine Reise, weil unsere Füße blutig gelaufen sind und unsere Herzen so viele Tränen geweint haben. Doch wie kann es eine Reise geben, wenn es nur den Einen gibt und nichts außer Ihm existiert? Sind dieses Ringen, dieses Chaos und diese Verwirrung im Grunde nur Muster des Widerstandes, Schattenspiele, aufgeführt auf einer Bühne, die nicht wirklich existiert? Es gibt also immer nur eine Geschichte zu erzählen, denn es gibt nur einen Geliebten, und doch sind wir Teil dieser Geschichte; unser kleines »Ich« muss also auch Teil des Geliebten sein.

Die folgenden Texte, über Jahre hinweg, zu unterschiedlichen Zeiten und in unterschiedlichen Gemütsverfassungen geschrieben, sind ein Versuch, dieses Paradox auszudrücken. Sie sind nur aufeinander folgende Fußspuren auf einer Reise, auch wenn ich weiß, dass es wirklich keine Reise gibt. Die einen wirken persönlicher, tiefer empfunden, voll von all den Widersprüchen und Schwierigkeiten, die ich erfahren habe. Andere sind nüchterner, distanzierter und verweisen oft auf einen größeren Bezugsrahmen für meine Erfahrungen. Es sind zwei sehr unterschiedliche Arten des Schreibens und doch sind sie für mich wie Einatmen und Ausatmen, ein Ausdruck tiefer persönlicher Empfindungen und dann ein Zurücktreten, um die unpersönliche Natur des Pfades wieder klar zu erkennen, zu erinnern, dass es »nicht um mich« geht, sondern um eine größere Geschichte – einen Ozean, in dem meine Erfahrungen nichts weiter als ein Kräuseln der Wellen sind. Doch sie sind alle, ob intim und oft verschwommen oder klarer und objektiver, nur Fragmente einer Liebesgeschichte, ein Bemühen, dieses seltsame Mysterium vom Erwecken des Herzens zu verdeutlichen.

All diese Passagen kreisen um das, was der größte Widerspruch für mich ist – die Beziehung zwischen Menschlichem und Göttlichem. Was in uns gehört Gott an, ist ein Ausdruck des Göttlichen, und was ist nur unser menschliches Selbst, dieses illusionäre »Ich«, das am Ende von der Liebe aufgelöst wird, der Tropfen, der in den Ozean zurückkehrt? Sind wir im Bewusstsein des Ich gefangen, dann ist seine Geschichte wichtig. Wie es ringt, leidet und flüchtiges Glück oder Erfüllung erfährt, scheint der Sinn unseres Lebens zu sein. So beschreiben wir unser Leben, so erzählen wir unsere Geschichte. Die mystische Reise offenbart hingegen die tiefere Wahrheit, eher die Geschichte des Ozeans als die des Tropfens, und wie dieser Ozean in unser Leben hereinbricht. Der Mystiker trachtet nach dieser größeren Geschichte, sehnt sich danach, als Teil des unendlichen Ozeans der Liebe zu leben und schließlich zu diesem Ozean zu werden. Und doch ist die Reise des Tropfens zurück in den Ozean auch eine menschliche Geschichte, die erzählt, wie wir hierhin und dorthin zu fließen scheinen, manchmal näher am, manchmal weiter entfernt vom Ozean, zu dem wir zurückkehren. Dieser Widerspruch hat meine Aufmerksamkeit auf sich gezogen. Ich würde gern völlig über das Ego hinweggehen, das so viel Raum in meinem Leben beansprucht hat, das so oft ein Schleier ist, der mich von dem trennt, was ich als die größere Wahrheit begreife. Doch ich bin zu der Erkenntnis gekommen, dass es eine Rolle zu spielen, eine Geschichte zu erzählen hat.

So viele Male habe ich mich gefragt, was ist das in mir, das von Gott getrennt ist, auch wenn ich weiß, dass alles DAS ist? Warum kann ich nicht nur einfach diese Liebe ohne Ende in mir leben? In der Meditation oder auch im Alltag gibt es Momente, wo der Liebende sich auflöst, wo nur göttliche Gegenwart da ist. Doch es kehrt immer irgendein Bruchstück, ein Rest von einem »Ich« zurück, und genau dieses Fragment will seine Geschichte erzählen, so wie es auch das Mysterium des Geliebten enthüllen will. Diese Texte sind nur Andeutungen von dieser Geschichte, von der Liebe, dem Schmerz und der Verwirrung, die dazugehören. Ich weiß, dass der Verstand nicht wissen kann, so wie jeder Liebende weiß, dass sich des Geliebten Geschichte nicht wirklich in Worte kleiden lässt. Aber es gibt da einen starken Wunsch, ein bisschen von dieser fortdauernden Liebesgeschichte zu erzählen, vielleicht weil auch sie Teil der Geschichte der sich offenbarenden göttlichen Liebe ist.

Wenn DU alles bist,
    wer sind dann all diese Leute?
Und wenn ich nichts bin,
    wozu dann all dieser Lärm darum?
DU bist die Gesamtheit,
    alles bist DU. Einverstanden.
Aber dieses ›Verschieden-von-DIR‹,
    was ist das dann?
Oh, natürlich, ich weiß:
    Nichts existiert außer DIR:
Aber sag mir:
    Woher kommt diese Verwirrung?[5]

1

Staub zu seinen Füßen

Gott, der Große Geliebte, ist weder männlich noch weiblich. Trotzdem beziehe ich mich auf meinen Geliebten in den folgenden Kapiteln manchmal als »Er«, auch wenn ich weiß, dass dieses göttliche Wesen jenseits eines Geschlechts ist. Der Grund für diese Sprachwahl liegt darin, dass diese Präsenz in meinen frühesten Erfahrungen als eine durchbohrende Liebe zu mir kam und meine Seele weiblich war – wartend, wünschend, sehnend und verlangend. Man sagt, dass alle Seelen weiblich sind vor Gott und dass es diese Empfänglichkeit für das Göttliche ist, was die Gnade herabholt. In diesen Momenten der Ekstase werden wir von göttlicher Liebe durchdrungen und erfahren über die Sinnlichkeit des Körpers wie auch im Verschmelzen der Seele, was es heißt, von der Liebe genommen zu werden. Als Mann kann ich mir nur vorstellen, wie es sich anfühlt, eine Frau zu sein, die von ihrem Geliebten erfüllt wird, doch in diesen Momenten der Verzückung ergreift mich dieses Gefühl. Ja, da gibt es auch Momente einer Zärtlichkeit und fürsorglichen Liebe, die zum Weiblichen gehören, eine nährende Liebe, die wie eine göttliche Mutter ist, ein Streicheln meines Herzens, das nur als weiblich bezeichnet werden kann. Aber wie die Erinnerung an unseren ersten Kuss als eine Prägung der Liebe in uns bleibt, so hat diese frühe Erfahrung der Seele den Geliebten in meinem Bewusstsein als männliche Qualität dauerhaft eingeprägt. Später erfuhr ich meinen Geliebten in der unermesslichen Leere jenseits jeglicher Form und Definition. Hier, in dem endlosen Ozean der Liebe ist niemand vorhanden, nicht einmal ein »Ich«, das geliebt wird. Aber in Zeiten der Verzweiflung und des Sehnens, wenn mein Herz zu Gott schreit, ist da immer noch ein männliches Bild, dieser »Er«, den ich zuerst erfuhr. So tragen diese Worte, auch wenn sie begrenzt sind, die Intimität und Unmittelbarkeit meiner eigenen Erfahrung.

Wie jede Reise beginnt die Reise des Herzens nach Hause mit dem ersten Schritt, der, wie Hāfiz das so schlicht ausdrückt, einen Lehrer erfordert: »Tu keinen Schritt auf dem Pfad der Liebe ohne einen Führer. Ich habe es hunderte von Malen versucht und bin gescheitert.«[6] *Ich beginne diese Geschichte mit der Vergegenwärtigung meines Shaikhs, dem ich mehr gehöre, als ich es weiß. Ohne seine unsichtbare Präsenz gäbe es keine Geschichte, keine Reise. Ohne seine Gnade ist nichts möglich. Meine Beziehung zu meinem Lehrer ist in jedem Herzschlag, in jedem Schritt auf dem Weg. Und doch ist es die paradoxeste, intimste und zugleich unpersönlichste Beziehung, die ein Mensch überhaupt haben kann, eine Beziehung des Einsseins, die anfangs in einer Welt der Dualität gelebt wird. Es ist eine Beziehung, die den Reisenden zermahlt, bis nichts mehr übrig ist, und doch bleibt dieses Nichts, ein Staubkorn, das den Duft seines Hofs trägt. Was zu mir gehört, zu diesem Bild des Reisenden, und was zu meinem Shaikh gehört, werde ich nie wissen. Vielleicht sind die Tränen meine und die Liebe ist seine, die Not meine und die Gnade, die kommt, von ihm. Doch in dem Verschmelzen der Herzen, das die Essenz dieser Beziehung ist, gibt es manchmal wenig Unterscheidung. Ich kann nur wirklich die Dankbarkeit des Herzens ausdrücken, solch eine Beziehung zu haben, die aus einer Liebe geboren ist, die nur dem Geliebten angehört.*

Die Beziehung zwischen Lehrer und Schüler ist eines der größten esoterischen Geheimnisse der Menschheit. Sie ist ein Bund tief im Herzen, der uns von der Welt des Ego und des Verstandes zu den ferneren Küsten der Liebe nimmt. Sie ist aus der reinsten Substanz gebildet, die es in dieser Welt gibt, der geheimnisvollen Substanz göttlicher Liebe. Ohne diese geheimnisvolle Substanz und den Liebesbund, den sie schafft, gäbe es keine Reise, kein intimes Sich-Entfalten im Innersten unseres Wesens. Wir blieben für immer in der Welt der Formen und den vielen Anhaftungen gestrandet.

Ich habe meine Lehrerin getroffen, als ich neunzehn war und nach einem Vortrag über die esoterische Dimension der Mathematik einer weißhaarigen alten Dame vorgestellt wurde, die während des Vortrags auf dem Stuhl vor mir gesessen hatte. Nachdem sie mich begrüßt hatte, sah sie mich aus ihren durchdringenden blauen Augen an, und ich hatte die körperliche Empfindung, zu einem Staubkorn auf dem Boden zu werden. Dann drehte sie sich um und ging weg. Ich hatte keine Ahnung, was diese Erfahrung bedeutete. Ich habe auch viele Jahre gar nicht darüber nachgedacht, aber von da an ging ich jeden Freitag zu ihrem kleinen Zimmer an den Bahngleisen in Nord-London zur Meditation und zum Tee mit Keksen. Und in diesem Zimmer und ihrer Gegenwart fühlte ich eine Autorität, eine Kraft, vor der sich etwas in mir verneigte. Zu wem oder zu was diese Autorität gehörte, fragte ich mich nicht. Ich wusste nur, dass ich tun musste, was man von mir verlangte. Ich war ein rebellischer Teenager gewesen und hatte nie aufgezwungene Autorität akzeptiert, aber hier war etwas so völlig anderes, dass mein Verstand überhaupt keinen Zweifel oder Protest anmeldete. Es war, als sei es immer so gewesen.

Jahre später sagte sie mir, dass sie nicht wirklich meine Lehrerin sei. Bei meinem ersten Kommen sei ihr in der Meditation von ihrem Lehrer, dem Sufi-Meister, den sie Bhai Sahib nannte, gesagt worden »er würde sich um mich kümmern.«[7] Er war sieben Jahre vor meiner Begegnung mit ihr gestorben, aber in der Sufi-Tradition kann der Schüler eine Verbindung zu einem Lehrer haben, der nicht mehr im physischen Körper ist. Das wird als *Uwaysī*-Verbindung bezeichnet und gehört besonders zum Naqshbandi-Pfad.[8] Es dauerte vier Jahre, bis ich eine Ahnung von dieser inneren Beziehung bekam und dass diese anfängliche Erfahrung, ein Staubkorn auf dem Boden zu sein, ein Vorgeschmack auf den Pfad gewesen war. Einige Reisende werden durch das Schmelzen des Herzens oder den Schmerz der Sehnsucht zu Gott gebracht. Mir sollte die uralte Schulung der völligen Vernichtung gegeben werden, bei der der Schüler zu »weniger als Staub zu den Füßen des Shaikhs« wird. Wie mir Jahre später in einem Traum gesagt wurde: »Er ist weich gemacht worden durch ein sehr hartes System.«

Mit zwanzig begann für mich ein Zeitraum von zwei Jahren, in dem mich mein Shaikh nachts nicht länger als drei Stunden schlafen ließ und mit der einfachen Methode durch Erschöpfung meine Muster des Widerstands und der spirituellen Arroganz zerstörte. Den ganzen Tag lang sehnte ich mich nach Schlaf, um dann, wenn ich endlich ins Bett gehen konnte, eine Kostprobe davon zu bekommen, bevor mich eine innere Energie weckte. Ich lebte damals in einem kleinen feuchten Zimmer, und es gibt nichts Entmutigenderes, als in dunkler Feuchtigkeit zu verfolgen, wie die Minuten und Stunden vorbeiziehen, und zu wissen, dass ein weiterer Tag in ständiger Erschöpfung auf mich wartete. Ich war mit einem Gefühl für meine eigene spirituelle Wichtigkeit zum Pfad gekommen, hatte ich doch, seit ich sechzehn war, Erfahrungen in der Meditation gehabt. Nach ein paar Monaten war nichts mehr von Bedeutung außer dem Kampf durch den Tag und der Sehnsucht nach Schlaf.

Dann, an einem heißen Sommernachmittag, ich war damals dreiundzwanzig, in den intensivsten Stunden meines Lebens, fand ich mich dem tiefsten Leiden meines gesamten Wesens ausgesetzt. Dieses Leiden war ein machtvoller und durchdringender Schmerz im Herzen, der mich nach innen zog, tiefer und tiefer, bis in eine im innersten Kern meines Seins verborgene Qual. Diese Verzweiflung, dieser absolute Schmerz hielt für Stunden an, bis mich mein Shaikh in einem Augenblick innerer Offenbarung auf der Ebene der Seele bewusst werden ließ. Ich erkannte, ich war eine Seele und nicht nur ein Ego-Selbst, und ich war auf eine Weise mit meinem Shaikh, wie ich das noch nie zuvor erfahren hatte. Die Liebesverbindung auf der Ebene der Seele war bewusst gemacht worden und ging nie wieder verloren.

Über die folgenden Jahre erkannte ich allmählich die Tiefe meiner Zugehörigkeit zu ihm, sah, dass ich hier war, um ihm zu dienen, dass ich geschult worden war, seine Befehle auszuführen. Er leitete mich von der inneren Welt aus mit Güte und mit Strenge. Einmal, als meine Kinder noch klein waren und ich ständig hinter ihnen das Haus aufräumte, kam seine Stimme sanft zu mir: »Du musst nicht immer aufräumen!« Ein anderes Mal hingegen, als ich heftig unter *Kundalini*-Symptomen litt und Mrs. Tweedie in Meditation ging und Bhai Sahib fragte, ob er mir helfen könne, war seine Antwort einfach nur: »Er kann es ertragen.«

Meine Beziehung zu meinem Shaikh ist eine von totaler Unterwerfung und Liebe, ein Anerkennen, dass nichts hier auf der Welt von Bedeutung ist, außer sein Werk zu tun und ihm zu gefallen. Ich lernte ihn als innere Präsenz kennen, als jemand, an den ich mich in der Meditation und im Gebet wenden konnte und dessen Hilfe da war, wenn ich sie am dringendsten brauchte. Und doch schien er mich über die Jahre auch oft allein zu lassen, damit ich mit Schwierigkeiten kämpfte und meine Fehler machte. Ich habe die Verwüstung der Leere und Verlassenheit erfahren, wenn diese Verbindung verschleiert war, und wirkliche Qual, wenn ich ihm missfallen hatte, wenn ich fühlte, meinen Shaikh enttäuscht zu haben. Aber ich habe erkannt, dass diese Beziehung das einzige Band der Liebe ist, das die Welt nicht zerreißen kann, weil es aus einem anderen Stoff gewirkt ist, der stärker ist als alle Widrigkeiten dieser Welt. Es gehört dem uralten Geheimnis der Liebe und der Hingabe an, eine Zugehörigkeit, die so ursprünglich ist und noch vor der Schöpfung liegt. Es ist Teil der Substanz meiner Seele und gibt jedem Augenblick eines jeden Tages Sinn. Als ich sechsunddreißig war und nach Amerika geschickt wurde, um Vorträge über Sufismus zu halten, obwohl ich noch nie Vorträge gehalten hatte, wurde mir in einer Vision die einfache Botschaft zuteil: »Die Gnade deines Gurus ist in deinem Herzen. Das ist alles, was du wissen musst.« Diese Botschaft, diese Einprägung in meinem Herzen, war alles, was ich brauchte. Und später, als ich in einem Trailer auf einem Parkplatz auf der New-Age-Ausstellung in San Francisco sprach und seine Gnade und Gegenwart so fühlbar waren, dass es alle merken konnten, verneigte ich mich innerlich in Ehrfurcht.

Durch dieses Band der Liebe gehalten, diese Verbindung von Herz zu Herz, wurde mir eine Liebe zuteil, die so umfassend ist, dass jede Zelle meines Körpers erfüllt war und ich die Seligkeit der Seele erfuhr. Das war kein abstraktes, eingebildetes Geschehen, sondern etwas so Konkretes, dass ich mich jetzt noch an das erste Mal erinnere, als ich in der Meditation dalag und eine Liebe fühlte wie Schmetterlingsflügel am Rand meines Herzens. Ich bin nicht gerade mit viel Liebe aufgewachsen, mit sieben hat man mich ins Internat geschickt, und plötzlich war hier eine Liebe, die mich von innen erfüllte, die mich auf Weisen lebendig werden ließ, die ich nie für möglich gehalten hatte. Und in dieser Liebe spürte und erkannte ich seine Berührung.

Durch diese unsichtbare Präsenz wurde ich von der Welt der Dualität zurück zur Einheit des Herzens gebracht und dann noch weiter in die Dimensionen des Nicht-Seins, in die Leere, die die wahre Heimat des Mystikers ist. Mir wurden die grenzenlosen inneren Räume gezeigt, wo die Liebe geboren wird, und eine Qualität von Bewusstsein, das Licht über Licht angehört. Der alten Tradition entsprechend wurde ich zerstört und wieder erschaffen, auf dass ich meinem Shaikh und dem Geliebten dienen könne. Als ich zum Pfad kam, war ich arrogant und auch gebrochen, beinahe auseinandergerissen von einer Sehnsucht, die ich nicht halten konnte, von einem heftigen Verlangen nach spirituellem Leben, für das es in meiner Welt des Mittelstandes keinen Platz gab. Doch ohne es zu wissen, wurde ich von einem großen Meister in Obhut genommen, der mich wieder zusammenfügte und mich Demut und die Schlichtheit des wahren Dienens lehrte. Er öffnete mein Herz und erweckte mich zu der Erkenntnis der Einheit allen Lebens, das uns umgibt. Und er führte mich, um meine Fehler wissend, mit Humor und Geduld und Liebe und akzeptierte mich.

Durch diese Beziehung habe ich auch die wahre Macht erfahren, die zu Gott und denen gehört, die im Dienst Gottes stehen. In unserem äußeren Leben sind wir oft von all den Machtdynamiken umstellt, die sich in der Familie und am Arbeitsplatz abspielen. Wir erleben auch die korrumpierenden Machtdynamiken auf der Weltbühne. Aber in der Beziehung zu einem wahren Lehrer, jemand, der mit dem Absoluten verschmolzen, der eins mit Gott ist, gibt es eine Macht von einer völlig anderen Größe, eine Macht, die dem Schöpfer angehört und nicht der Schöpfung. Das ist eine Macht, die nichts für sich selber will, sondern einfach nur *ist*. Sie ist der Welt seit vielen Jahrhunderten verborgen. Wenn ich diese Macht innerlich erfahre, wenn ich mich in tiefer Meditation in der Gegenwart meines Shaikhs erlebe, dann erbebt mein ganzes Wesen und verneigt sich. Wenn die Leute von Machtgeschichten mit spirituellen Lehrern erzählen, lacht etwas in mir, weil sie nie erfahren haben, was wirkliche spirituelle Macht ist. Der Schüler diskutiert nicht und zweifelt nicht im Angesicht solch reiner Energie. Die einzige Antwort ist Ehrfurcht und Unterwerfung.

Jeder von uns kann viele Geschichten über unsere Beziehung zu unserem Lehrer erzählen. Manche sind schmerzvoll, andere demütigend oder komisch. Da gibt es auch all diese Dramen der Projektion, bei der wir die wahre Natur dieser

Seelenbeziehung mit Mustern unserer Konditionierung, mit Bildern und Fantasien unserer Person zudecken. Wir versuchen den Lehrer in den Bereich unserer Psyche zu nehmen und schaffen dadurch oft Schwierigkeiten, durch die wir leiden und hoffentlich lernen. Und dann gibt es diese so äußerst kostbaren Momente, wenn uns durch die Gnade des Gurus ein Bewusstsein der Natur des Göttlichen tief in uns und im Leben geschenkt wird, wenn wir einen kurzen Blick von dem Wunder, was wirklich ist, erhaschen.

Da ich meinen Shaikh nie in physischer Form gekannt habe, blieben mir viele Dramen der Projektion, die ich andere erleiden sehe, erspart. Ich habe nie versucht, seine Liebe mit den Forderungen meiner persönlichen Psyche, mit meinem Bedürfnis nach Liebe und Anerkennung oder mit meinen Mustern der Ablehnung zu begrenzen. Und doch kann ich auch sehen, wie dieses Drama der Projektion zum Entfalten der Seele gehört, wie wir darüber näher zur wirklichen Liebe gelangen, die im Innersten unseres Wesens ist. Wir erkennen schließlich, dass die Liebe des Lehrers für uns schon zu Beginn vollständig war und sie die einzige Wahrheit in einer Welt der Illusion ist. Ein wirklicher Lehrer lässt seinen Schülern den Raum, all die Dramen zu erzeugen, die sie haben wollen, den Pfaden ihrer Einbildung zu folgen, weil er weiß, dass die wahre Liebe, die von Herz zu Herz gegeben wird, sich trotz all der Hindernisse, die der Schüler auch immer in den Weg stellen mag, zu erkennen geben wird.

In meiner inneren Erfahrung erschien er viele Jahre hindurch distanziert und hart und zeigte nur selten die Liebe, die ich später erfuhr. Inzwischen habe ich erkannt, dass eine der größten Gefahren dieser ungeheuren Liebe und Nähe eine psychische, emotionale Abhängigkeit ist, die den Reisenden einengt statt ihn zu befreien. Er ist mein Lehrer und nicht ein liebender Elternteil, den ich nie gehabt habe, und er zwang mich, auf eigenen Füßen zu stehen. Erst später, in Momenten süßester Zärtlichkeit, erfuhr ich bewusst die Liebe, die immer da gewesen ist.

In jenen schrecklichen Zeiten, als es aussah, als sei alles verloren, als die Vorhänge der Welt sich eng um mich schlossen und ich mich fragte, wie ich nur einen weiteren Schritt auf dem Pfad, der mich verraten zu haben schien, gehen sollte, geschah es, dass die Liebe sich zeigte, dass eine Präsenz zu fühlen war. Diese Liebe, die mich an meinen Shaikh bindet, dieses Wissen, ich gehöre ihm, ist so einfach und so normal. Nichts sonst zählt. In diesem geschlossenen Kreis gibt es nur seine Liebe, seine Güte, sein Verständnis. Einmal, in einer Zeit äußerster Verzweiflung, als ich mich gegen die Wand geschleudert fühlte, als alles verloren schien, da erfuhr ich, dass in diesem Bund zwischen uns nur Einssein war und, wenn ich ihm völlig vertraute, er mir völlig vertrauen musste. Da spielte nichts anderes mehr eine Rolle – da gab es nichts mehr, wo man hingehen konnte.

Er hat mich in der inneren Welt von einem Ort zum anderen gebracht, hat Türen in meinem Herzen und meiner Seele geöffnet, die sonst verschlossen geblieben wären, hat mich an meine wahre Natur erinnert. Und er hat meine endlosen Beschwerden, meine Tränen und meine Verzweiflung, sogar meine Wut, weil ich mich schlecht behandelt fühlte, ertragen! Er kann das größere Bild sehen und mir manchmal über eine unüberwindliche Schwierigkeit sagen: »Das geht vorbei.« Oder er weist mich darauf hin, wo ich aufmerksamer sein muss, wo die Arbeit mehr Sorgfalt braucht, oder auch was ich nicht so wichtig nehmen soll. Und immer liegt darunter diese

Qualität der Liebe, ohne die ich nicht atmen, mich nicht bewegen, nicht meditieren oder beten könnte. Sogar wenn ich mich so allein fühle, so vergessen, weiß ich doch in meinen Tiefen, dass er Teil von mir ist und ich Teil von ihm bin.

Diese Liebe ist ein Bund der Zugehörigkeit, den wir mit in diese Welt bringen. Nach all den Schwierigkeiten, der Beharrlichkeit und der Freude, die zum Pfad gehören, bleibt letztlich diese Zugehörigkeit – eine Achse der Wahrheit, die keine abstrakte Vorstellung, sondern gelebte Wirklichkeit ist. Der Anfang des Pfades ist ein Erwachen zu diesem inneren Kern der Liebe, und die Reise lässt ihn in dieser Welt hier erfahrbar werden, bis man erkennt, dass er schon immer da gewesen ist. Über die Jahre enthüllte sich mir meine Beziehung zu meinem Shaikh als ein Zustand der Zugehörigkeit, die so vollkommen und absolut ist, in der ich immer wieder alles geben würde. Und sie hat auch eine Qualität reiner Freiheit, in der man sich nur vor Gott verneigt.

Mein Shaikh sagte, dass die einzig wahre Liebe in dieser Welt die zwischen Lehrer und Schüler ist.[9] Alle anderen Formen der Liebe sind eine Illusion. Die Liebe zwischen Lehrer und Schüler ist vom Namen Gottes geprägt, demselben Namen, der ins Herz des Schülers geschrieben ist. Uns wird diese Liebe zu Beginn der Reise gegeben. Ohne sie gäbe es keinen Pfad, keine Stationen, keine Reise, kein Erwachen. Diese Liebe deckt das auf, was in unseren Herzen wirklich ist, und nimmt uns jenseits der Welt der äußeren Erscheinungen in den Hof unseres Shaikhs. Hier entdecken wir den süßen Duft, der schon immer gegenwärtig war, den Duft einer Seele, die Gott angehört. Und – wie es in einem persischen Gedicht heißt – wenn die Leute fragen: »Warum verströmst du diesen Wohlgeruch?«

… Ich bin nur Staub, auf den die Leute treten,
Aber ich durfte teilhaben am Duft
im Hof eines Heiligen.
Nicht ich bin es –
denn ganz gewöhnlicher Staub bin ich nur.[10]

2

Die Kammern des Herzens

Das folgende Kapitel geht auf einen Vortrag zurück, den ich das erste Mal im Oktober 2008 hielt. Es war ein Vortrag, den ich schon lange hatte halten wollen, obwohl ich – wie es oft der Lauf der Dinge ist – erst anschließend verstand, weshalb ich diesen Wunsch gehabt hatte. Es war, als könnte ich nicht weitermachen, solange ich diesen Vortrag nicht halten würde, der eine sehr persönliche Darstellung des Pfades ist. Dieser Vortrag war über die Sufi-Lehren von den latā'if, *den spirituellen Kammern im Herzen. Doch da er auf meinen eigenen inneren Erfahrungen basierte, entdeckte ich, dass er die Geschichte meiner eigenen Reise war, meiner eigenen Pilgerfahrt innerhalb des Herzens.*

Mein mystischer Pfad hat mich durch diese Erschließungen tief innen im Herzen geführt. Das ist die traditionelle Sufi-Reise, doch sie ist zugleich für jeden von uns individuell. Verschiedene Sufi-Schulen nennen sogar eine unterschiedliche Anzahl latā'if *(Sing.* latīfah*), dieser subtilen Zentren, und sie beschreiben sie auch oft verschieden. Auch wenn wir alle dieselbe Reise machen – von der Trennung zur Vereinigung – macht sie doch jeder von uns auf seine einzigartige Weise. Die Sufis sagen: »Es gibt so viele Wege zu Gott, wie es Menschen gibt, so viele wie die Atemzüge der Menschenkinder.« Und doch gibt es auch Wegweiser für diese Reise, Stationen, die wir alle passieren. Mich hat es auf meiner Reise sehr getröstet, diese Landkarte zu entdecken, die von denen gezeichnet und wieder gezeichnet worden ist, die diese Reise zuvor gemacht haben. Bin ich auch mit meiner Liebe und meiner Sehnsucht allein, so bin ich doch zugleich in Begleitung anderer. Es gibt einen Pfad, auch wenn ihn jeder auf seine Weise geht und mit seinen eigenen Schritten blutig färbt.*

Dabei führt uns diese Reise selbst, auch wenn sie mit unserem eigenen Blut, mit unseren eigenen Schritten getan wird, paradoxerweise zur Auslöschung des Ich. Die Erfahrung der Einheit Gottes bringt die Erkenntnis, dass es kein getrenntes Ich gibt, das diese Reise vollbringen könnte, und im tiefsten Sinn auch keine Reise. Dann, in der nächsten Kammer des Herzens, ist die Erfahrung des Nichts, das aller Schöpfung zugrunde liegt, und wir sind dieses Nichts. Das ist der Abgrund, der auf jeden von uns wartet, die berauschende Dunkelheit der vollständigen Auslöschung. Wer bleibt dann, um eine Geschichte zu erzählen? Und noch jenseits von diesem Nichts ist die Absolute WAHRHEIT *Gottes.*

… er hat mit Seiner Hilfe gesehen,
was vor seinen Augen verborgen war.
Der Sinn der Dinge ist ihm enthüllt worden …

al-Hakīm at-Tirmidhī [11]

Die Reise heimwärts

Der Sufi-Pfad ist eine Reise heimwärts, eine Pilgerschaft von der äußeren Welt der Illusionen zur inneren Wirklichkeit, die dem Inneren des Herzens angehört. Es ist eine Reise der Transformation, die den Wanderer aus seinem subjektiven Traumzustand herausführt, so dass er seine göttliche Bestimmung erfüllen kann. Für den Wanderer vollzieht sich die Reise nach Hause innerhalb des Herzens:

> »Sei äußerlich sesshaft und lass dein Herz reisen,
> Ohne Beine zu reisen, ist die beste Art der Reise.«[12]

Auf dieser Reise innerhalb des Herzens reist der Sufi von der äußeren Welt der Schöpfung zur inneren Welt des Schöpfers, wo die Liebe die geheime Natur des Menschen, unser göttliches Erbe, enthüllt.

Wir werden zum Pfad hingezogen, damit wir diese innere Reise, die Reise zurück zu Gott, von der Trennung zur Vereinigung, vollbringen können. Das Herz ist der Sitz unserer göttlichen Natur, und die Reise im Herzen enthüllt dieses Geheimnis, das man das »Geheimnis der Geheimnisse« nennt. Eines der größten Paradoxien des menschlichen Daseins besteht darin, dass uns unsere göttliche Natur, unser tiefinneres Einssein mit Gott, verborgen ist. Die meisten Menschen leben ausschließlich in der physischen, emotionalen, mentalen Dimension der äußeren Welt der Sinne. Das ist die scheinbare Existenz, in der sie leben und sterben, der Traumzustand, der Leben genannt wird. Die Sufis bezeichnen diese scheinbare Wirklichkeit als die Welt der Schöpfung im Gegensatz zur spirituellen Wahrheit der Welt des Schöpfers. Die Welt des Schöpfers ist unser spirituelles Erbe; es ist die unmittelbare Erfahrung unserer göttlichen Natur.

Das eigentliche Geheimnis der menschlichen Existenz ist diese innere Wirklichkeit jenseits der Welt der Sinne. So wie wir einen physischen Körper haben, haben wir auch einen spirituellen Körper, der in dieser inneren Welt existiert. Dieser spirituelle Körper ist aus Licht gebildet und funktioniert als lebendiger spiritueller Organismus. So wie wir unseren physischen Körper benutzen, um in der äußeren Welt zu reisen, so können wir mit unserem spirituellen Körper in den inneren Welten reisen und Erfahrungen machen. Und so wie wir zwei Augen haben, um die äußere Welt zu sehen, haben wir ein einziges Auge des Herzens, das die innere Welt der göttlichen Wahrheit erkennen kann. Von Anbeginn sind den Menschen spirituelle Praktiken gegeben worden, um Zugang zu dieser Wirklichkeit zu erlangen, um dieses Geheimnis aufzudecken. Es wurden Meditation, *Dhikr* oder Mantras, Atemtechniken und andere spirituelle Methoden entwickelt, die den Praktizierenden helfen sollen, den Übergang von der äußeren Welt zur unmittelbaren inneren Erfahrung ihrer spirituellen Natur zu vollziehen.

Die esoterische Sufi-Lehre basiert auf dem Wissen, dass einer der direktesten Wege, Zugang zu dieser inneren Wahrheit zu bekommen, über das spirituelle Zentrum des Herzens führt. Das Herz ist das Organ unseres göttlichen Bewusstseins. Das Geheimnis unserer göttlichen Natur ist in unser

Herz gegeben, und über das Herz können wir deren Wirklichkeit erfahren:

> »Gott sprach durch den Heiligen Propheten: ›Der Mensch ist Mein Geheimnis, und Ich bin sein Geheimnis. Die innere Erkenntnis der spirituellen Essenz ist ein Geheimnis Meiner Geheimnisse. Nur Ich gebe es in das Herz Meines getreuen Dieners, und niemand mag seinen Zustand kennen, außer Mir.‹«[13]

Der Sufismus hat eine esoterische Wissenschaft von der spirituellen Beschaffenheit des Herzens hervorgebracht. Die frühen Sufis fanden heraus, dass es im physischen Körper subtile Zentren oder feinstoffliche Körper (Sing. *latīfah*, Plur. *latā'if*) gibt. Sie lokalisierten fünf subtile Zentren – unsere niedere Natur (*nafs*) und die vier Elemente – in der Welt der Schöpfung. Innerhalb des Herzens beschreiben sie fünf[14] subtile Zentren, die zu unserem spirituellen Körper gehören. Durch diese sich im Herzen befindenden *latā'if*, diese »Kammern des Herzens«, legen wir die Reise nach Hause zurück. Jedes *latīfah* stellt auch einen unterschiedlichen spirituellen Körper dar, der es dem Wanderer ermöglicht, ein jeweils anderes spirituelles Reich zu erfahren und darin zu reisen.

Jedes der *latā'if* gehört zu einer bestimmten Station der Reise. Man kann in den *latā'if* innerhalb des Herzens in immer tiefere Zustände spiritueller Wahrheit, tiefere Ebenen der Wirklichkeit, gelangen. Und obwohl dies eine individuelle Reise ist, einzigartig für jeden Wanderer, hat doch jede dieser Kammern eine spezielle spirituelle Qualität. Insofern sind die Kammern des Herzens eine Landkarte der Reise.

Das Herz, *Qalb*

Die erste, äußerste Kammer wird das Herz, *Qalb*, genannt. Sie wird als aktiv beschrieben und mit der Liebe und der Sehnsucht in Verbindung gebracht. Ihre Farbe ist gelb. Die Reise heimwärts beginnt mit dem Erwachen der Sehnsucht im Herzen, der Sehnsucht, zu Gott zurückzukehren. Der Urschrei der getrennten Seele entzündet unsere geheime Leidenschaft nach der Vereinigung mit Gott. Diese große Liebesgeschichte beginnt mit diesem Schrei, eine Liebesgeschichte, die jeden Faden unseres Seins auseinanderreißt und uns von der Getrenntheit durch das Ego zur Vereinigung durch das SELBST zieht. Für manche beginnt das sanft, mit einem seltsamen Gefühl von Unzufriedenheit, von Missstimmung. Wir wollen etwas anderes, etwas, das in unserem Leben nicht da ist; nichts scheint stimmig, nichts erfüllt uns. Uns ist nicht klar, dass wir uns auf die große Reise der Seele begeben haben – die Liebesgeschichte mit dem Großen Geliebten –, dass wir auf subtile Weise von der Liebe vergiftet werden.

Für andere wird dieser Schmerz der Sehnsucht dramatischer erweckt, vielleicht durch die Begegnung mit einem Lehrer, wie folgendes persisches Gedicht das beschreibt:

> »Die Welt war voll herrlicher Dinge, bis ein alter bärtiger Mann in mein Leben trat, mein Herz mit Sehnsucht entzündete und mit Liebe schwanger werden ließ. Wie kann ich die Schönheit um mich herum betrachten, wie sie genießen, wenn sie das Antlitz meines Geliebten verhüllt?«[15]

Als Rūmī Shams auf dem Marktplatz begegnete, begann das Brennen seines Herzens, und seine Welt wurde zerstört und durch die Liebe neu erschaffen. Wie Rūmī sagt: »Das Brennen des Herzens ist, was ich will. Dieses Brennen, das Alles ist. Wertvoller als ein weltliches Reich, denn es ruft Gott im Geheimen in der Nacht.« Diese erwachende Liebe kehrt uns von der Welt ab und wendet uns zurück zu Gott. Unser Herz schreit voller Liebe und Sehnsucht, und die Passion der Seele fängt an, sich in uns zu entfalten. Nur diese Liebesgeschichte spielt eine Rolle, und die Tränen, die wir vergießen, sind ihr Preis.

Unser Herz ist zu seiner Erinnerung vom Zusammensein mit Gott erweckt worden, jenem Ur-Mysterium, das allem, was ist, zugrunde liegt. Was ist einfacher, als der Liebenden einen Geschmack von dieser süßen intimen Liebe zu geben, einer Liebe, die jede Zelle im Körper und die Substanz der Seele berührt – und sich dann zurückzuziehen und die Liebende verzweifelter als je zuvor zurückzulassen? Die Liebe ruft uns durch den Schmerz der Sehnsucht.

Das ist die zärtlichste, schrecklichste und schönste Liebesgeschichte. Und sie ist ein Geheimnis, verborgen vor der äußeren Welt, vor unseren Freunden und sogar vor unserem Partner. Sie gehört zum Innersten unseres Herzens, zum Gewebe der Seele. Und was lässt sich sagen? Mit welchen Worten lässt sich die süße Bitterkeit des wahren Sehnens ausdrücken? Wie Abū Saʿīd sagt:

»›Mein Geheimnis wird ein Geheimnis bleiben‹,
    sprach der FREUND.
›Wenn das Herz dir blutet,
    dein blutbeflecktes Hemd niemand sieht.
Niemand wird von deinem Klagen
    spät in der Nacht geweckt,

Der Rauch von deinem Herzen,
das in diesem Feuer brennt,
Wird von niemand entdeckt.‹«[16]

In der Nacht liegen wir wach und weinen und rufen nach Gott, unserem Geliebten. Wir haben einen Schluck vom Wein der göttlichen Liebe gekostet und sind verloren gegangen und wollen nichts anderes als einen weiteren Schluck. Wir sind süchtig nach der Liebe geworden, zu Sklaven der Liebe. Und das ist keine idealisierte Liebesgeschichte, sondern ein echter Schmerz, der das Herz packt. Das Herz blutet vor Sehnsucht und Verlangen, und die Tränen, die man weint, sind der einzige Beweis für diesen Ur-Schmerz. Meine Lehrerin brachte von der Zeit des Zusammenseins mit ihrem Shaikh ein weißes Taschentuch als Erinnerung mit. Vor ihrer Begegnung mit ihm war es blau gewesen, doch durch all die Tränen, die sie weinte, war es ausgebleicht.

Es gibt keine Worte, um jemand, der dieses süße Gift nicht gekostet hat, seine leidenschaftliche und schmerzvolle Wirkung zu vermitteln. Dies ist eine Liebe, die sowohl zerstört und verbrennt wie auch Seligkeit und unendliche Süße mit sich bringt. Es ist eine Liebesgeschichte der Paradoxien, von berauschender Intimität und furchtbarer Einsamkeit. Wie Rūmī schreibt:

»›Der Geliebte ist so süß, so süß‹, wiederholen sie.
Ich zeige ihnen meine Narben, wo Sein Poloschläger
auf mich eingeprügelt hat.
›Der Geliebte ist schrecklich, ein Wahnsinniger‹, klagen sie.
Ich zeige ihnen meine Augen, wie sie
von Seiner zärtlichen Leidenschaft zerfließen.«[17]

Wir werden von der Liebe aufs Grausamste geschlagen, von ihrem süßen Schmerz verletzlich gemacht und von der Sehnsucht weich geklopft. Manchmal scheint die Einsamkeit größer als wir ertragen können, denn unser ursprüngliches Bedürfnis nach Liebe bringt uns in Not. Wie lange müssen wir auf unseren Geliebten warten? Wie können wir in einer Welt ohne Seine sanfte Berührung leben? Werden unsere Tränen Ihn zurückholen? Erreicht Ihn unser Schreien überhaupt? Und dann ist Seine Liebe plötzlich da, und alles in uns schmilzt, und aller Schmerz und alle Tränen sind vergessen. Und diese Süße kann einen Moment, eine Stunde, einen Tag lang anhalten. Und dann zieht Er sich wieder einmal zurück, und wir sind aufs Neue allein, verzweifelter als zuvor, und wir fragen uns, wie viel wir noch aushalten können. Wie kann mich mein Geliebter mit Seiner Abwesenheit nur so quälen?

Dieser Zustand der Liebe und Sehnsucht dauert Jahre. Er ist intimer und einsamer als alles, was man sich vorstellen kann. In jeder anderen Beziehung hat man Schutzbarrieren, Schutzmuster. Doch diese Liebesgeschichte vollzieht sich einzig im Gefüge des eigenen Herzens. Mit den Worten des großen Liebenden al-Hallāj:

»DU rinnest zwischen Herzhaut und dem Herzen,
So wie die Tränen von den Lidern rinnen.«[18]

Und dies ist erst die äußerste Kammer des Herzens, erst der Anfang der Reise.

Das Erwecken der Liebe und Sehnsucht, kennzeichnend für den Beginn der Reise, ist eine sehr dynamische, wenn nicht sogar turbulente Erfahrung. Diese Liebe verbrennt und reinigt, indem sie das Herz von vielen, zum Ego und zur *nafs* gehörenden Unreinheiten säubert, von den Begierden und Verzerrungen, in denen sich die reine Seele des neugeborenen Kindes verfängt, während es in die Dichte dieser Welt hineinwächst. Das Feuer im Herzen macht sich daran, diese Schlacken auszubrennen, wobei wir oft mit unserer Dunkelheit und unseren Schatteneigenschaften konfrontiert werden. Wenn wir dann mit unserem Sehnen gelebt und geblutet haben und genug von unserer Dunkelheit und unseren Unreinheiten verbrannt ist, öffnet sich in uns ein Raum, der dem GEIST eigen ist.

Der Geist, *Rūh*

Die zweite Kammer des Herzens wird GEIST, *Rūh*, genannt. Ihre Farbe ist rot. Im Gegensatz zur aktiven Eigenschaft der ersten Kammer hat der GEIST eine Qualität der Ruhe und der Stille. Hier bekommen wir Zugang zu einem bestimmten Licht in uns, einem Licht, das ebendiese Qualität der Stille, des Friedens und der Ruhe hat. Dieses Licht im Herzen gehört Gott an. Die Sehnsucht des Herzens gehört in ihrer essenziellen Natur auch Gott an. Es ist Seine Sehnsucht nach Sich Selbst, die in uns brennt. Aber wir erfahren sie als unsere Sehnsucht, unseren Schmerz der Trennung, unsere Leidenschaft. Wir wollen etwas, wir wollen die WAHRHEIT oder Gott. Unsere Sehnsucht ist nahe der physischen Welt angesiedelt; sie geht oft mit einem körperlichen Schmerz im Herzen einher wie auch mit einer Angst – beispielsweise mit einer Verlustangst und anderen Emotionen, die unserer niederen Natur entspringen. Das Licht des GEISTES ist recht anders und kommt erst zu uns, wenn die Sehnsucht uns geläutert hat.

Wenn wir nach Gott schreien, zieht das Licht unserer Sehnsucht ein anderes Licht an, das Licht des GEISTES. Mit den Worten Najm al-Dīn Kubrās:

> »Es gibt Lichter, die hinaufsteigen, und es gibt Lichter, die hinabsteigen. Die aufsteigenden Lichter sind die des Herzens, die absteigenden sind die des Thrones. Das geschöpfliche Sein [das niedere Selbst, das Ego] ist der Schleier zwischen dem Thron und dem Herzen. Wenn der Schleier zerreißt und sich im Herzen eine Pforte zum Thron hin öffnet, seufzt das Gleiche nach dem Gleichen. Licht steigt auf zum Licht und Licht steigt nieder auf Licht, und ›das ist Licht über Licht‹.« (Qur'ān 24:35)[19]

Unsere Sehnsucht, der Schrei unseres Herzens, beides bricht durch den Schleier des Ego und holt das unserem göttlichen Wesen angehörende Licht herab. Diese zweite Kammer ist der Ort, wo sich die zwei Lichter, die zwei Welten begegnen, wo wir in das wahre Mysterium unserer göttlichen Natur, in den Teil unseres Selbst, der Gott angehört, gebracht werden. Aus diesem Grund müssen wir zuerst den Schmerz der Läuterung erleiden. Sonst würde dieses Licht mit unserer Dunkelheit und unseren Begierden verschmutzt. Es würde verfälscht, von unseren Unreinheiten infiziert werden.

In der Kammer des GEISTES beginnt sich die Geburt des Göttlichen zu vollziehen, und sie geschieht immer unerwartet und kommt in Ruhe und Stille. Irina Tweedie beschreibt, wie sie dies zum ersten Mal erfuhr:

> »Und so geschah es denn … Etwas stahl sich still und unbemerkt in mein Herz, und ich betrachtete mit Verwun-

> derung, was sich da vollzog. Erst war es noch schwach, eine kleine, leicht flackernde, leuchtendblaue Flamme, und es hatte die unendliche Süße einer ersten Liebe, war wie eine von zarter Hand dargebrachte Gabe duftender Blumen und erfüllte mein Herz mit stillem Staunen und Frieden.«[20]

Nach all den inneren Dramen, Tränen und schlaflosen Nächten ist plötzlich etwas anderes gegenwärtig, und es kommt mit einer Qualität von Frieden und Stille oder Ruhe. Das ist tatsächlich unsere erste echte Erfahrung unserer göttlichen Natur, von dem, was zum SELBST gehört, dessen Kern Friede ist. Etwas in uns ist jetzt in Frieden. Wir haben dieses göttliche Licht gefunden, den GEIST in uns, und unsere Seele ist beruhigt:

> »O du beruhigte Seele
> Kehre zurück zu deinem Herrn zufrieden, befriedigt.
> Und tritt ein in Mein Paradies!« (Qur'ān 89:27-30)

Wir haben eine Kostprobe von dem bekommen, was ewig und essenziell ist, und nichts kann uns das wegnehmen, weil es nicht zu dieser Welt gehört. Das ist der Anfang des Übergangs von der Mühe zur Mühelosigkeit, da dieser GEIST jetzt von innen her auf uns zu wirken beginnt. Was immer in unserem Leben und auf unserer Reise geschieht, dieses Licht und seine Stille bleiben. Es mag unter der Oberfläche verborgen sein, doch es ist immer gegenwärtig, denn es gehört Gott an.

Das Geheimnis, *Sīrr*

Der GEIST öffnet uns für die dritte Kammer des Herzens, für das Geheimnis, *Sīrr*. Ihre Farbe ist weiß und gehört zur Intimität mit Gott. *Sīrr* heißt auch Geheimnis, und für die Sufis ist das größte Geheimnis der Schöpfung, dass wir eins sind mit Gott. In der Kammer von *Sīrr* erfahren wir dieses Geheimnis innerlich und im Außen. Tief in unserem Herzen sind wir in die Einheit Gottes eingetaucht, in der es nichts außer Gott gibt. Die Dualität von Liebendem und Geliebtem hat sich aufgelöst und die größere Wahrheit der Liebe wird offenbar:

»›Wessen Geliebter bist DU?‹
  habe ich gefragt,
›DU, der DU
  so unerträglich schön bist?‹
›Mein eigener‹, antwortete ER,
  ›denn ICH bin Eins und Allein,
Liebe, Liebender und Geliebter,
  Spiegel, Schönheit und Auge.‹«[21]

Unser Geliebter, nach dem wir uns gesehnt haben, ist in solcher Intimität in unserem Herzen, dass wir nicht länger zwei sind, sondern eins. Wir sind in vollständiger Einheit mit unserem Geliebten. Dies geschieht, wenn die Liebesgeschichte ihre Erfüllung findet, eine Erfüllung, die greifbar ist, die in jedem Atemzug von uns lebendig ist – sie ist intim, sie ist Einssein und sie ist Liebe. Sie ist so zärtlich, Er ist unser Freund, unser Gefährte, unser Geliebter, und Er ist immer bei uns. Auch wenn wir allein gelassen werden, ist Er doch bei uns. Es ist ein Zusammenkommen, ein Verschmelzen Liebender, wie wir uns das in der sexuellen Vereinigung ersehnen, in dem wir uns völlig vergessen – wir sterben und werden in der Liebe aufgelöst. Und doch lässt die Intensität und Süße dieses inneren Zusammenkommens jede sexuelle Intimität schal erscheinen. Es ist kein Zusammenkommen von Körpern, sondern ein Verschmelzen innerhalb des Herzens, in der Substanz unserer Seele.

Es muss ein Preis bezahlt werden für diese Erfahrung der Einswerdung, die die Sufis als den Prozess von *fanā*, die Vernichtung des Ego, bezeichnen. Unser Ego-Selbst ist verantwortlich für unser Gefühl, getrennt zu sein, eben dieses »Ich«, und die Mystiker haben schon lange gewusst, dass sich unser Ego beugen und seine Kontrolle aufgeben muss, damit wir unser wahres Einssein und unsere göttliche Natur wiedererlangen können. Es ist das Ego, das Liebenden und Geliebten trennt, wie al-Hallāj es bestätigt:

»Zwischen mir und DIR verbleibt ein ›Ich bin es‹,
das mich quält ...
O entferne durch Deine Gnade dies ›Ich bin es‹,
das uns noch trennt!«[22]

Der Preis der Liebe ist unser kleines Selbst, unser »Ich«, den wir mit unseren Tränen und unserem Leiden bezahlen. Wenn man das durchlebt, fragt man sich, wie lange man diese endlose Sehnsucht, das Bluten, den Schmerz aushalten kann, wie man das überstehen soll, wenn das »Ich« von der Liebe zerrissen wird. Und dann, eines Tages, merkt man, dass der Schmerz sich gelegt hat und an seiner Stelle eine Intimität eingekehrt ist, eine geheime Begegnung, ein tiefinneres Wissen, dass man mit dem Geliebten zusammen ist. Und man erinnert sich – man schaut in sein Tagebuch, in seine Traumaufzeichnungen und sagt: Oh, ja, ich erinnere mich an jene Tage, aber wie konnte ich je von Ihm, den ich liebe, von Ihm, dem ich angehöre, getrennt sein? Da gibt es nur noch Einssein, und dieses Einssein ist immer da gewesen. Mit den Worten 'Attārs: »Dein Bild ist in meinen Augen, Dein Name ist in meinem Munde, Deine Wohnstätte ist in meiner Brust. Wie könntest Du fern von mir sein?«[23]

Dieses Zusammenkommen Liebender ist so süß. Und wie bei jeder Liebesgeschichte erinnert man sich immer an den *ersten* Kuss, weil er so unerwartet und so zärtlich ist. Ich erinnere mich, wie es bei mir war: Es war an einem Nachmittag, ich war um die neunundzwanzig, und lag in Meditation da, als plötzlich Schmetterlingsflügel den Rand meines Herzens berührten. Die Süße war fast unerträglich, eine Süße, die durch jede Zelle meines Körpers und durch jede Faser meines Wesens ging. Und das war nur ein kurzes Streifen dieser Intimität, eine kleine Berührung dieser Nähe – eine Kostprobe von diesem außergewöhnlichen Geheimnis, dass wir eins sind mit Gott. Trotzdem lag in diesem Zusammenkommen eine Vollständigkeit, die schwer zu beschreiben ist, eine Erfüllung, die von dem Wissen herrührt, dass nur dieses Einssein wirklich ist und all die Gefühle der Trennung wie Nebel sind, der in der Morgensonne verbrennt.

Die Sufis sagen, solange man nicht im Ozean der Einheit schwimmt, ist man noch kein echter Sufi; dann ist man nur ein Reisender auf der Straße der Absicht. Man ist dann *auf seinem Weg*, ein Sufi zu werden. Erst wenn man zu diesem Mysterium in einem erweckt worden ist, beginnt die wahre Transformation, nicht die Veränderung des Ego, sondern die

Wandlung der Seele, indem sie mit dem tiefen Erkennen der Einheit Gottes erfüllt wird. Und dieses Geheimnis ist ein Geschenk.[24] Man kann es nicht mit all seinen Anstrengungen, all seinem Streben, all seiner Sehnsucht und Hingabe erlangen. Aber wenn man bereit ist, wird man in diese Umarmung genommen, in diese Kammer im Herzen. ER, den man liebt, holt einen zu Sich zurück, zurück in die ursprüngliche Einheit, die jeder Zelle in der Schöpfung eigen ist. Dieses Zusammenkommen der Liebenden, dieses Verschmelzen in die Einheit wird allmählich tiefer und tiefer, immer berauschender und immer umfassender. Mit den Worten des Märtyrers der Einheit der Liebe, al-Hallāj: »Ich bin der Eine geworden, den ich liebe, und der Eine, den ich liebe, ist zu mir geworden!«[25]

Dieses Geheimnis der Einheit der Liebe, das ins Herz gegeben wird, erweckt uns zur Einheit, die überall um uns herum ist. Wir beginnen die äußere Welt mit der Innigkeit Liebender und den Augen der Einheit zu sehen:

»Weilst du mit dem FREUND,
In echter Innigkeit,
Wirst du in der ganzen Welt
Gott, den Einzigartigen, erschauen.
Denn die ganze Welt
Ist der lebendige Spiegel Gottes:
Es ist unmöglich, etwas anderes
Als Gott zu sehen.«[26]

Was geschieht, ist, dass die Einheit im Herzen in der äußeren Welt widergespiegelt wird. Die Welt wird eine weitere Begegnungsstätte mit Gott, ein weiterer Aspekt der Einheit. Wir beginnen Seine Gegenwart zu spüren und sehen Sein

Gesicht in der Welt: »Wohin auch immer ihr euch wendet, dort ist Gottes Angesicht.«[27] Diese Liebesgeschichte innerhalb des Herzens fängt an, sich in der äußeren Welt abzuspielen, die dann nicht mehr ein Gott verleugnender Ort ist, sondern zu einem Raum wird, in dem wir unseren Geliebten auf verschiedenste Weise erfahren. Das Leben und die äußere Welt enthüllen ihr geheimes Gesicht als Offenbarung Gottes. Die Mystiker sagen, dass Gott in Seiner Essenz unerkennbar ist, aber man ihn durch Seine Schöpfung erkennen kann. Seine Einheit umgibt uns überall. Es ist alles Gott:

»Rose und Spiegel, Sonne und Mond –
Was sind sie?
Wohin wir blickten,
War Dein Antlitz nur.«[28]

Das Buch der Schöpfung ist die Geschichte von der in so vielfältigen Formen offenbarten Einheit, wobei jede Form den Schöpfer auf einzigartige Weise widerspiegelt. Die Kammer des *Sīrr* öffnet uns für dieses Wunder. Wir können dann Gott, Sein Licht und Seine Dunkelheit, Seine Schönheit und Seinen Schrecken durch die vielen Bilder der Welt erkennen. Wir lernen, nicht zu urteilen, sondern nur Seine Gegenwart zu bezeugen, sogar in einer Welt, die Ihn vergessen hat. Und auch dieses Vergessen gehört Gott an.

Die Einheit ist überall um uns herum, trotzdem ist sie, bis diese Kammer des Herzens geöffnet wird, durch einen Schleier vor unserem Bewusstsein verborgen. Der Sufi aus dem 9. Jahrhundert, al-Hakīm at-Tirmidhī, einer der ersten Sufis, die über die Kammern des Herzens schrieben, stellt fest, dass es Lichter im Herzen gibt, mit denen wir sehen und erkennen können, was wahr ist. Diese Lichter sind durch die Dunkelheit des Vergessens verhüllt, doch sie sind immer gegenwärtig. Und in dieser Kammer, die at-Tirmidhī als die »allerinnerste«, geheimste, bezeichnet, ist das Licht der Einswerdung, durch das man die Einheit Gottes in den inneren und äußeren Welten erfahren kann. Nur durch dieses Licht der göttlichen Einheit lässt sich die wahre Bedeutung der Dinge erfassen, die göttliche Wahrheit in der Schöpfung betrachten.

Für die Sufis ist der eigentliche Sinn der Schöpfung, dass Gott Sich Sich Selbst offenbart: »Ich war ein verborgener Schatz und sehnte Mich danach, erkannt zu werden, also erschuf Ich die Welt.«[29] Indem wir Gott in Seiner Schöpfung schauen, wirken wir in diesem Mysterium Seines Sich in Seiner Welt Erkennens mit:

> »ER hatte nur eine Absicht beim Hervorbringen der Existenz beider Welten, Sich Selbst im Spiegel der Seele zu sehen und dann der Liebende von Sich Selbst zu werden, der ohne Makel ist.«[30]

Das Herz des Liebenden ist ein Ort der göttlichen Offenbarung des Geliebten. Dies ist das tiefste Zusammenkommen von Liebendem und Geliebtem, die wahre Bedeutung des Einsseins und das Wesen von *Sīrr.*

Schauen wir mit dem Licht der Einswerdung, können wir sehen, wie Er Sich Sich Selbst in jedem Moment neu offenbart. Und wir sind Teil dieser Offenbarung. So wie wir auf unserer eigenen inneren Reise erkennen, dass es bei der Reise nicht um uns geht, um unseren Weg zurück zu Gott, sondern um unseren Geliebten – dass es Seine Liebe ist, die in unserem Herzen erweckt wird, dass es Sein Verlangen nach uns ist, das uns in Seine Einheit zurückholt, dass es Er ist, wie al-Hallāj betont: »Nein, Du bist es, der mich zu Dir ruft«[31], wenn sich das einzige Auge des Herzens öffnet. Dann beginnen wir zu erfahren, dass es auch in der Welt nicht um uns geht, um unsere Anstrengungen, unsere Dramen, sondern um den Großen Geliebten. Wir beginnen zu einer sehr anderen Welt zu erwachen, einer Welt der Dinge, wie sie wirklich sind, ohne all unsere Verzerrungen und Projektionen.[32] Durch das Licht des Herzens beginnt der Liebende die Welt, die Gott angehört, zu erleben: Wir haben Teil an Gottes Offenbarung der göttlichen Einheit.

Wir leben dieses Geheimnis dann in unserem Alltag, erwacht zu diesem Bewusstsein, dass es einzig um den Geliebten geht. Wir sehen, wie alles ein Treffpunkt von Liebendem und Geliebtem ist. Und uns ist gestattet, das zu leben, weil wir den Preis auf dem Altar der Liebe entrichtet haben, weil wir unser Herz hingegeben haben, auf dass dieses Geheimnis enthüllt wird.

Dies ist die dritte Kammer des Herzens, die Kammer von *Sīrr*, die Stätte göttlicher Einheit im Herzen und im Bewusstsein der Welt, in der wir die Nähe zu Gott erfahren und unser wahres SELBST entdecken, unsere göttliche Natur, wodurch wir fähig werden, die Dinge zu sehen, wie sie wirklich sind.

Arkanum, *Khafī*

Doch die Reise geht weiter. Nach der Kammer von *Sīrr* kommt die von Arkanum, *Khafī*, deren Farbe Schwarz ist und deren Eigenschaften die der Negation, der Aufhebung, des Nichts sind. Sie steht in Verbindung mit der Auslöschung und Abwesenheit des Ich-Selbst. Hier ist alles Bewusstsein aufgelöst, verloren in der inneren Leere. Al-Ansārī beschreibt, wie wir durch das Herz finden und dann verlieren:

»Der Anfang von Versunkenheit
Ist die Schau mittels des Herzens:
Dann kommt die Nähe des Herzens,
Dann kommt das Finden mittels des Herzens,
Dann kommt das Schwinden des Herzens im Offenbarten,
Und jenseits davon kann nichts gesagt werden.«[33]

Zuvor erfuhren wir auf der Reise den schmerzvollen Prozess von *fanā*, dem Sterben des Ego, das ein Tor zum Geheimnis des Herzens ist, diesen Liebestod, durch den wir zum Wunder und Licht unseres göttlichen Wesens, dem SELBST, erwachen. Weniger bekannt ist die tiefere Auslöschung, die dem eigenen Dasein widerfährt und die in der nächsten Kammer des Herzens geschieht. Dies ist eine so gänzliche Auslöschung, dass nichts übrig bleibt, kein Gefühl vom SELBST, kein Bewusstsein der Einheit – nichts. Es ist, als würde man von einem schwarzen Loch aufgesogen, das alles verschluckt, sogar unser Licht.

»DU bist ein Feuer ohne Stelle,
In dem alle Stätten verbrennen,
Ein Strudel des Nirgendwo,
Der mich tiefer und tiefer ertrinken lässt.«[34]

In dem Ur-Nichts der Nicht-Existenz verliert sich alles. Es bleibt keine Spur vom Pilger. Was soll man über das sagen, was verschwunden ist, außer dass nichts zurückbleibt? Mit den Worten Abū Sa'īds:

»Viele Jahre habe ich auf jede erdenkliche Weise nach einem Zeichen (von Gott) gesucht. Als ich sah, was ich gesucht hatte, ging ich verloren. Ich wurde ein Tropfen im Ozean. Jetzt bin ich verloren hinter des Geheimnisses Vorhang. Die verlorene Person findet nicht mehr, was verloren ging. Wenn man verloren gegangen ist, was kann man dann von dem finden, was verloren wurde? Wenn die Straße gesperrt ist, was kann man dann hinter dem Vorhang finden?«[35]

Und doch gibt es einen Verlauf dieser Auslöschung, einen Sinn in dieser Vernichtung. Aber sie ist nichts für die Furchtsamen und auch nicht für jene, die in der Seligkeit des SELBST weilen, in der Intimität des Einsseins verbleiben wollen. Jene, die den Preis von *fanā* bezahlt haben, die jenseits der Illusionen des Ego gegangen sind und verfolgt haben, wie all ihre Identität von der Sehnsucht verbrannt wurde, können im Kreis der Liebe bleiben und Seine Einheit leben und bezeugen. Doch es gibt eine Passage über diese Kammer des Herzens hinaus. Das ist das Tor zur Kammer des Nicht-Seins, wo ein kalter und brutaler Wind sogar die Geheimnisse der Einheit fortfegt. Ihre Farbe ist Schwarz, weil sie keine Farbe hat. Diese Ur-Leere hat eine Macht und Unermesslichkeit, die alles Geschaffene übersteigt, und sie zerstört alles, was je existiert hat. Sie ist die wahre Heimat der Mystiker, derer, »die verloren sind in der Gemeinschaft jener, die in Gott verloren sind.«

Ein Mystiker ist jemand, der stirbt.
Er weilt in der Essenz dessen, was WIRKLICH ist.
Weshalb wollte man in
    dieses Nichts gezogen werden?

Warum wollte man die Trunkenheit von *Sīrr* hinter sich lassen? Hat man eine Wahl oder ist man mit dem Brandmal der Auslöschung gezeichnet? Dies ist ein Zustand, im Ungeschaffenen mit Gott zu sein, im Nichts vor und nach der Schöpfung. Diese Kammer hat eine unmenschliche Qualität, die anfangs Furcht und Verlassenheit hervorrufen kann. Doch gibt es in der kalten Finsternis dieser inneren Leere eine Vollständigkeit, die unser Begreifen übersteigt, nicht eine Vollständigkeit zusammenkommender Dinge, sondern eine umfassendere Ganzheit, die das tiefe Wissen in sich trägt, dass alles im Unbekannten gegenwärtig ist, einem riesigen dynamischen Reich, das die Freiheit des Nicht-Seins enthält. Legt man die Kleider der scheinbaren Existenz ab und lässt jegliche geschaffene Form zurück, fallen alle Lasten ab und eine unvorstellbare Freiheit bleibt.

Anfangs mag es, wenn man in diesen Zustand gelangt, paradoxerweise noch ein Gewahrsein der eigenen Nicht-Existenz geben. Es kann ein Bruchstück von Bewusstsein bleiben, das einem einen Geschmack von dem vermittelt, was es heißt, ausgelöscht zu werden. Man hat eine Bewusstheit davon, dass man nicht ist, und diese Bewusstheit ist die größte Erfüllung, eine noch vollkommenere Erfüllung als die göttliche Vereinigung. Man ahnt die WIRKLICHKEIT, die in der Leere wartet. Doch dann hört sogar, wenn man tiefer in die Leere geht, auch dieses Gewahrsein auf. Nichts bleibt, und man kehrt aus diesem inneren Zustand mit dem Eindruck zurück, dass man jenseits jeglichen Bewusstseins gebracht worden war. Alles blieb zurück. Kommt man dann wieder in die geschaffene Welt, bringt man das Wissen vom Nichts mit, das in allem und um alles herum ist, wie der dynamische Raum zwischen den Sternen und in jedem Atom und in jedem Teilchen. Und man fühlt die Macht dieses Nichts. Man weiß, dass es WIRKLICH ist.

In dieser Kammer des Herzens gibt es keine Reise mehr, keinen Reisenden und keinen Pfad. Sie ist jenseits der Sehnsucht, jenseits der Trunkenheit, sogar jenseits der Dualität von Leben und Tod. Was bleibt nach der Auslöschung? Und doch liegt dieser Zustand allem zugrunde, wie Irina Tweedies Shaikh dies mit dem einfachen Satz beschreibt: »Es gibt nichts als das Nichts.«[36]

Das höchste Arkanum, *Akhfa*

Es gibt einen weiteren mystischen Zustand jenseits der völligen Auslöschung in der Leere Gottes, und dieser ist das größte Mysterium, *Akhfa*. Diese Kammer hat die Qualität von umfassender Synthese und ihre Farbe ist Grün. Sie gehört zur Vernichtung und Vollendung. Für den Sufi ist Grün die Farbe der Absoluten WAHRHEIT. Die Reise heimwärts wird manchmal als Aufstieg auf den Berg Qāf beschrieben, auf dessen Gipfel sich ein smaragdgrüner Felsen befindet, wo die Mitternachtssonne aufglänzt. Dieses Licht ist jenseits der Einheit und jenseits des Nichts. Was lässt sich über die HÖCHSTE WAHRHEIT sagen, außer dass Sie im Innersten von allem, was ist und was nicht ist, liegt? Und Sie ist so völlig anders als alles, was man denken oder sich vorstellen kann. Sie ist weder wie dies noch wie das. Sie ist die Sonne Seines Antlitzes, deren kurzes Aufleuchten alles zerstört. Es gibt keine Worte, um zu beschreiben, wie herrlich und wie schrecklich Sie ist. Sie ist unerkannt und unerkennbar. Und doch ist Sie die URWIRKLICHKEIT und das Endstadium der mystischen Reise.

> »Gott antwortete Dhū'l-Nūn auf die Frage, wie lange Er noch die Männer Gottes töten wolle: ›Ich töte ihn … und wenn er völlig verschwunden ist, dann zeige Ich ihm die Sonne Meines Angesichts … Wenn der Schatten in der Sonne verschwunden ist, dann ist er zu nichts geworden – und Gott weiß am besten.‹«[37]

Das sind die Stationen der mystischen Reise, die Kammern des Herzens, durch die der Pilger reist und dabei die Geheimnisse seines spirituellen Wesens entdeckt. Nicht jeder macht die ganze Reise bis zur letzten Kammer von *Akhfa*. Die zwei letzten Kammern sind besonders unzugänglich. Aber in der Tradition und im Wanderer sind all diese Kammern als Potenzial vorhanden, auch wenn sie nie gelebt werden. Sie sind in der Übertragungskette enthalten, in der Verbindung der Liebe, die die Herzen all jener vereint, die von dieser Reise angezogen werden.

Während die meisten Menschen in der äußeren Welt der Sinne leben, haben die Mystiker eine innere Wirklichkeit enthüllt, die unsere esoterische Natur ist. Die Sufi-Tradition verschafft uns über die verschiedenen Kammern Zugang zu diesen inneren Reichen. Dies ist unser Erbe, das uns durch die Gnade der Tradition gegeben wird – diese Stationen auf der Reise innerhalb des Herzens, die vom Erwachen der Sehnsucht zur Absoluten WAHRHEIT führen, wobei wir Schritt für Schritt in diese Dimensionen von Licht und Liebe und Leere gebracht werden und freilegen, was es wirklich bedeutet, Mensch zu sein.

3

Worte an mich selbst

Eine Sammlung kurzer Texte
geschrieben in einem Zeitraum von über zehn Jahren

Es folgt sehr persönliches Textmaterial, das ursprünglich nicht zur Veröffentlichung gedacht war. Viele Texte sind in Zeiten innerer Krisen, sogar völliger Verzweiflung geschrieben worden, als ich auf dieser Seelenreise mit mir selber rang. Oft waren sie der Versuch, die Geschehnisse zu verstehen, einen bestimmten Konflikt in der Hoffnung auf Aussöhnung ins Bewusstsein zu bringen. Sie deuten einige meiner Begegnungen mit dem Göttlichen an, insbesondere mit einer Ur-Leere, in die ich gezogen worden bin. Diese Leere hat mich wieder und wieder ertränkt, mich jenseits von Licht und Dunkelheit in Zustände von Nicht-Existenz gebracht, die das »Ich« dann um Verstehen ringen ließen.

Diese Texte lassen die Liebe und die heftige Verwirrung und den Schmerz erahnen, den diese Erfahrungen mit sich brachten, und die in der Folge ausgelösten unbeantwortbaren Fragen und die sich gelegentlich zeigenden kurzen Einblicke. Was ist diese Substanz, die ich »Ich« nenne, wenn es doch diese überwältigende Leere, diesen Abgrund des Nicht-Seins gibt? Was bleibt nach einer solchen Erfahrung? Wie kann es eine Reise geben, wenn da nichts ist, nichts, wo man hingehen kann? Was ist die Beziehung von der Ur-Leere zur manifesten Welt? Wie soll man zwischen ihnen, zwischen Nicht-Sein und Sein leben? Wie kann Nicht-Sein in dieser Welt gelebt werden? Kann es überhaupt gelebt werden? Hier lassen sich keine Antworten finden, nur die qualvolle Passion des Erfahrenen und die Dunkelheit göttlicher Liebe.

Ich habe sie in das Buch aufgenommen, weil sie einen Eindruck davon vermitteln, wie der Pfad in mir gewirkt hat, zu welch dunklen, verwirrenden Orten er mich oft führte, aber auch welche Gefühle unendlicher Liebe er mir schenkte. Ich erwarte nicht, dass diese Worte diese Zustände erklären, nicht einmal mir selbst, doch es bestand das Bedürfnis, sie niederzuschreiben und dieser Liebe, die mich ertränkt hat, einen inneren Zusammenhang zu geben und zu zeigen, wie das erlebt werden kann.

Ich habe diese Texte chronologisch angeordnet ohne jeden Versuch, sie thematisch zu gliedern. Sie sind Ausdruck des Moments, erfüllt von der Intensität jenes Moments, in dem eine bestimmte Einsicht kommt und geht. Doch allmählich, über die Jahre, tauchte etwas auf, sogar inmitten all des Schmerzes und der Verwirrung – ein Hauch eines größeren Sinns, in dem sogar das unwirkliche »Ich« seinen Platz hat.

Gedanken

Suchen bedeutet zu finden, was das Herz immer gewusst hat, nämlich dass es für die Liebe keine Grenzen gibt. Das zu entdecken, lässt uns erschrocken am äußersten Rand unserer Erwartungen stehen, in Unkenntnis der Einfachheit des Unbekannten. In Stille werden und entwerden wir dann wieder, erkennen wir und sind wieder unbekannt. So lange haben wir nach dieser Leere gesucht in der Hoffnung und Erwartung, etwas zu finden. Haben wir uns nach einer Erleuchtung gesehnt, nach einem Zusammenkommen mit einem verloren gegangenen Geliebten? Immer glaubtest du, dass es etwas zu suchen, eine Reise zu machen gibt. Jetzt stehst du am Abgrund, siehst über den Horizont deiner selbst hinaus und weißt, es ist anders.

In unserer eigenen inneren Leere oder in unserem alltäglichen Dasein gibt es keine Antwort, aber es stellt sich auch keine Frage. Da gibt es keine Suche und keinen verlorenen und wieder gefundenen Geliebten. Da gibt es kein Ausschau halten, nichts, nach dem man streben, keinen Pfad, dem man folgen kann. Doch tief im Innern gibt es eine Antwort, nicht in der Form, sondern als Urgrund allen Seins. Die QUELLE bringt etwas jenseits der Gemütserregungen des Alltags an die Oberfläche, etwas, das wir vielmehr nähren müssen als es zu definieren. Verborgen gibt es eine größere Ganzheit, die an der Ecke des Augenblicks wartet und hinter den Gedanken zuschaut.

Diese Ganzheit hat eine unerwartete Absicht. Sie ist kein Rosenstrauß. Sie ist nicht etwas Verlorengegangenes und Wiedergefundenes. Sie ist *anders*, von außerhalb der Zeit und jenseits des Raums. Sie hat einen unbestimmbaren und doch ausgeprägten Duft, wie ein Wein, der *anderswo* fermentiert worden ist und diese Qualität bewahrt.

Du wartest darauf, dass etwas geschieht, doch da gibt es nichts zu geschehen, und dabei kommt das Geschehen näher, ähnlich einem Plan, der unseren eigenen Garten wie einen noch unentdeckten Ort vor uns entfaltet. Es gibt eine andere Präsenz, ein anderes Muster, das nicht verborgen, aber noch nicht offenbart ist. Es gibt ein zartes Gefühl von Stille ohne Gebet an oder von jemand. In den Momenten unserer eigenen Stille werden wir willkommen geheißen als Fremder wie auch als Freund. Es ist nötig, zuzulassen, dass die Präsenz gegenwärtig wird, und zwar nicht in dafür vorgesehenen Momenten, sondern als ein Strömen. Der Fluss ist hier, nicht versteckt hinter dem Ufer oder jenseits des Horizonts. Die Stille ist – unaufgefordert – immer da. Sie enthält die Eigenschaften ummauerter Gärten, wo die Rosen verschwenderisch blühen. Im Frieden des Augenblicks ist nichts bestimmt, nichts festgehalten. Diese Welt ist dann erfüllt von der anderen, getränkt vom Tau der Zeitlosigkeit.

Du dachtest, dass Beten eine Beziehung zwischen dir und Gott, dir und dem Lehrer, dir und etwas anderem ist. Du hast dich *so geirrt.* Gebet ist einfach nur. In dieser *Istheit* ist alles enthalten. Du, der Geliebte, der Gegenstand deines Gebets und der Wille, das Ewige in die Gegenwart zu entfalten, die Grenzen von Zeit und Raum zu überschreiten, das Jetzt mit der Ewigkeit zu durchdringen. Da ist niemand sonst. Du bist immer allein gewesen, aber du dachtest, das wäre ein Zustand der Unvollständigkeit. Du hast darauf gewartet, dass jemand kommt. Wie kann es jemand anderen geben, wenn Er *eins* ist? Ist das so schrecklich, dass du fortlaufen und dich verstecken musst? Mit wem kannst du sprechen, wenn es keinen anderen gibt? Mit wem kannst du in Beziehung treten? Fischaugen leuchten in der Dunkelheit.

Immer hast du gewartet. Wenn es eine Reise gibt, eine Beziehung, muss es einen Zustand geben, nach dem man strebt, eine Arbeit, bei der man helfen kann, eine Zielsetzung, ein Potenzial. So ein Witz. Das ist noch nicht einmal eine gute Idee. Es gibt keine Perspektiven. Du bist immerhin so glücklich, an nichts mehr zu glauben. Du bist gesegnet, keinen Mitspieler zu haben – stehst an der Bushaltestelle und wartest ewig auf den Bus, der nie kommt, *weil es nichts gibt, wo du hinreisen könntest.*

Die Welt dreht sich um einen Ort der Stille und des Wartens. Es ist notwendig, in diese Stille einzutreten und in der ewigen Gegenwart, die zukunftslos ist, zu warten. Sei gegenwärtig, in die Stille gespiegelt, während die Wellen der Nicht-Existenz sich an den Küsten des Daseins brechen. Auf wen sonst warten wir? Die Tage entfalten sich in ihrer eigenen Herrlichkeit von Sonnaufgang und Sonnenuntergang, und wir können jenen magischen Moment versäumen, wenn das Nicht-Sein ins Dasein tritt, seine unsichtbar machende Hülle abstreift und den Tanz beginnt, den manche Leben nennen. Wir müssen aus den Augenwinkeln heraus beobachten, um zu sehen, was aus dem Zeitlosen hervorwirbelt, was bereits hier und was schon gegangen ist.

Wir warten an der Schwelle zur anderen Welt, wenn die andere Welt bereits hier ist. Wer lacht über uns, amüsiert über unser Suchen in allen Richtungen, über unsere Vorstellung, dass Gott etwas anderes ist? Wir ringen mit uns selbst, denken über die Reise nach und die Vorbereitungen, die zu treffen sind. Dabei sind wir für unseren Geliebten immer unvorbereitet. Unsere ganze Weisheit ist unser Ruin. Unsere Beschäftigungen bereiten uns für das vor, was wir bereits wissen, und sind deshalb nutzlos.

Dieser Zustand ist erfüllt von Nicht-Existenz.

Oktober 1997

Inzestuöse Finsternis

Aus dem Unbekannten, aus der Ruhe des Schlafs oder der Stille der Meditation erwachen wir. Beim Erwachen verlangen wir nach unserem Ich, kehren wir in unser kleines Selbst zurück. Wir werden in einem Körper wach, von dem wir wissen, dass er unserer ist, in einem vertrauten Geist und mit Gedanken, in denen wir uns wiedererkennen können und die uns unsere Identität geben. Und so verbleiben wir nach einer Reise ins Jenseitige im Kreis unseres eigenen Ich. Doch was ist, wenn wir aufwachen und nicht die vertrauten Ängste, Hoffnungen und Muster wiederfinden, die uns ausmachen? Was ist, wenn wir nur Leere vorfinden?

Als Wanderer sind wir schon zuvor verloren gegangen, der Liebende löste sich in der Liebe auf, der Mystiker verschmolz mit der Leere. Doch das waren Momente in der Meditation, Momente in und außerhalb der Zeit, Momente, wo unser Selbst uns noch hielt. Wir kehrten zurück, immer kamen wir wieder her und wussten, dass wir geholt und aufgelöst worden waren. Und wenn wir zurückkamen, war das Vertraute wieder da: Die Landschaft unseres Ich wartete auf uns, begrüßte und umschloss uns.

Aber eines Tages, vielleicht nicht heute oder morgen, geschieht etwas, etwas so Fundamentales und so Einfaches und völlig Verwirrendes. Wir erkennen auf einmal, dass es kein »Ich« gibt, zu dem man zurückkehren kann. Die Meditation war nicht mehr nur ein kurzer Einblick; das, was genommen wurde, ist nicht zurückgegeben worden. Das Leben ist weiter mit seinen Widersprüchen und verborgenen Schönheiten gegenwärtig, aber etwas fehlt. Und plötzlich, unerwartet, kommt die Erkenntnis, dass es immer so gewesen ist. Denn wird dieser Schleier gelüftet, ist das, was dann zu sehen ist, nicht neu, sondern unerträglich alt. Was erfahren wird, ist ein ursprüngliches Nichts, eine Leere, die jenseits von Licht und Dunkelheit ist. Und der Mystiker weiß aus einem Wissen, das angeboren und nicht erworben ist, dass es kein Zurück gibt. Wenn wir etwas so Grundlegendes entdecken, können wir das nicht mehr vergessen, können wir den Schleier nicht mehr darüber ziehen und so tun, als wüssten wir nichts.

Jeder von uns trägt den Samen zu seiner eigenen Zerstörung in sich. Für die meisten findet diese Zerstörung im Spiel des Lebens statt, das zur Dunkelheit und Offenbarung des Todes führt. Für diejenigen, die vom Licht ihres SELBST angezogen werden, ist die Zerstörung das, was sie von den Illusionen der Welt und den Anhaftungen an *Maya* löst und in die Tiefen ihrer selbst und in den Schmerz der Läuterung bringt. Sind die Sucher beharrlich, werden sie den verborgenen Kern ihres Wesens entdecken und lernen, in dem Licht, das sie leitet, zu leben, dem Licht des spirituellen Dienens und der Hingabe.

Doch für manche ist das nicht genug, war es nie genug. Sie haben ein dunkleres Geheimnis, das keine Begrenzungen anerkennt. Seit Ur-Beginn gehören sie Einem Anderen an, Ihm, dessen Name nicht genannt werden kann. Und diese Zugehörigkeit ist für sie ihr Licht und ihre Finsternis, ihr Segen und ihr Fluch. Sie sind die Hüter von Licht und Dunkelheit, denn sie haben kein Schicksal, nur die Finalität ihrer Zugehörigkeit. Ihre Zerstörung *muss vollständig* sein, denn Er ist Alles.

So einfach, so schrecklich, so endgültig. Das sind die Freunde Gottes, die Verlorenen der Verlorenen. Manche sind verborgen, andere fast sichtbar. Ihnen ist, wenn sie hinübergegangen sind, gestattet, andere an den Rand des Nicht-Seins zu führen.

Was heißt es, verloren zu sein? Es bedeutet eine derartige Zugehörigkeit, dass nichts mehr übrig ist. Der Preis ist völlige Selbstaufgabe, die Wohnstatt Einsamkeit. Und eines Tages erwacht der Liebende zu dem Wissen, dass es immer so gewesen ist, und erkennt, wie sehr er das vermieden, wie oft er nach Erleichterung Ausschau gehalten hat. Aber wie kann ein Vogel den Wind vermeiden? Wie lange kann ein Feuer kalt brennen?

Es gibt eine Stille, die so machtvoll ist, dass nichts sprechen kann, die von der hungrigen Leere her lockt und einen Freund willkommen heißt. Tod ist nur noch ein Wort, Verlust des Ego eine Phrase, die fortgeweht wird. Die Ur-Macht des Nicht-Seins ist so schrecklich und so selig, dass nichts sie überleben kann, außer Gott will es. Und so ist es immer gewesen, wird es immer sein und kann nicht anders sein.

Januar 1998

Weitere Gedanken

Betrete ich das Wunderland des Herzens, was finde ich da? Warum fühle ich mich so verloren, so unfähig, zwischen den Welten zu wandern? Jedes Mal, wenn ich nach einer Antwort forsche, umgeben mich nur die endlosen Horizonte des Nicht-Seins, die sich ins Unermessliche ausdehnen. Schaue ich noch einmal, entdecke ich einen Pfad. Doch wo führt er hin? Wohin bringt er mich? Es ist leicht, nach der letzten Grenze zu suchen, aber sich dem Herzen anheim zu geben, dem Tanz von Licht und Dunkelheit, und weder das Licht noch die Dunkelheit zu wollen – das ist etwas anderes. Wie soll man zwischen den Welten wandern, wie dem die Treue halten, was weder von dieser noch von der anderen Welt ist? Schaue ich nach innen, was entdecke ich? Wer ist da, um das zu finden, was verborgen ist? Stille erstreckt sich um mich herum, und ich gehe mit zögernden Schritten. Muster bilden sich, aber wer ist da, um diese Muster aufzulösen? Wann können wir allein auf die Weisen der Liebe in Beziehung treten?

Doch *wer* will sich letzten Endes auf die Weisen der Liebe einlassen, auf jene seltsamen Wege, in jenen leeren Räumen, in die sich nicht einmal die Reisenden hineinwagen? Da ist Stille, da gibt es nichts für die Sinne, und da gibt es auch keine Antworten. Macht man den Fehler, etwas zu wollen, löst man Wirkungen aus, tritt man aus der Stille heraus. Und doch gehört auch das Wollen zu unserem Menschsein, selbst wenn es übergeben werden muss. Wir sind, wer wir sind; wo wir unsere Füße hinsetzen, bestimmt, was sich im Ablauf der Zeit entfaltet, und so ziehen die Schreie des Herzens an uns vorbei. Warum habe ich dieses Tor gewählt? Ich bin gezwungen, gebeten und angenommen worden, einen Platz in beiden Welten einzunehmen und auch allein dazustehen und nur die von der Psyche und dem Verstand geschaffenen Muster zu sehen, ohne den Sinn, den diese Erfahrungen liefern, zu kennen – ohne entweder in die Vergangenheit oder in die Zukunft zu schauen, – einfach nur an dem Ort der Ereignisse zu sein. Warum muss so viel geschehen? Energie fließt ohne zu zögern durch die Ströme des Nicht-Seins. Warum können, wenn man diesen inneren Frieden und die Ruhe kennt, die Tage nicht in Frieden und Ruhe vergehen? Wäre ich sonst nicht beteiligt, würde ich sonst nicht in den Kreis des Lebens eintreten? Aber ich bin müde davon, nicht zu wissen, wo ich hinschauen soll.

Ich wünschte, ich könnte sagen, es gäbe eine Antwort. Aber es gibt nichts zu sagen. Wie soll man den Übergang von der Verwirrung und dem Ego in das weite Licht und die Einfachheit des SELBST aufzeigen? In der Welt der Begehrlichkeiten und des Ego ist das Licht in Millionen Formen und Farben reflektiert, während es hier nur die Reinheit und den blendenden Glanz der Leere gibt. Warum kann ich nicht einfach beide Welten mit all den Widersprüchen, die unser Dasein kolorieren, bereitwillig annehmen? Oder einfach die Art und Weise vergessen, wie die Muster von Licht und Dunkelheit auf die Wand fallen – das Drama der Ereignisse, das einige Leben nennen? Ich habe das Gefühl, dass meine Welt auseinander gerissen wird, und ich weiß nicht, was zu tun ist. Wer reißt wen auseinander? In der Einheit muss doch alles Teil ein und desselben sein. Es ist nicht die Erfahrung von irgendjemand anderem, sondern ein Strudel der Auflösung, in den ich gezogen oder geworfen werde. Warum es nicht einfach geschehen lassen? Hängt das damit zusammen, dass ich so dringend nach der inneren Welt verlange, wo es keinen Konflikt gibt? Oder nach der Einfachheit eines äußeren Lebens? Doch ich habe keines von beiden.

Es gibt Zeiten in meinem Leben, wo ich über den Rand gestoßen worden bin, und das ist eine solche Zeit. Ich kann das rational betrachten, es sogar verstehen, aber es erfüllt mich dennoch mit Schrecken. Mich schockt die Intensität dessen, was verloren werden kann. Aber was kann verloren gehen, wenn man nichts ist? Was ist mein Leben? Ich habe kein Leben. Es ist nicht ich, der spricht, woran klammere ich mich also? Ich verstehe nicht. Mir ist, als hätte ich keinen Boden, auf dem ich stehen könnte. Wessen Boden ist es? Und wer mit vollem Verstand würde dieses Gelände durchwandern, wenn die wirbelnden Kräfte der Existenz alles beeinflussen und das Nicht-Sein im Hintergrund gehalten wird?

Wovor habe ich solche Angst? Alles zu verlieren, aber ist es meines, was ich verliere? Dass man einen Narren aus mir macht? Aber wessen Narr? Warum, Geliebter, lässt du mich all das erdulden? Und an welcher Stelle halte ich mich zurück, als wartete ich auf Errettung? Aber wen gibt es zu retten? Irgendwo will ich nur sterben und dieser verrückten Situation entfliehen oder mich in die Einfachheit dessen, was ist und was nicht ist, zurückziehen. Aber wer ist da, um sich zurückzuziehen? Wovor fürchte ich mich so? Wo ich hinschaue, ist niemand. Niemand ist in diesem klaren Licht, in dieser vorexistentiellen Leere. Vielleicht bin ich Illusionen aufgesessen, bin wahnsinnig, bin mir nichts bewusst außer Träumen. Aber ich habe immer so gelebt, allein auf Gottes Willen vertrauend, so wie mich mein Geliebter gemacht hat. Ich habe nur den dünnen Faden meiner Hingabe, aber was wiegt er in dem Wirbelsturm der Emotionen, in den Spielen, die gespielt werden? Und weshalb habe ich diese Angst? Weil sogar die um mich herum das nicht kennen, den Raum nicht sehen, wo das Licht klar ist? Und wenn sie das nicht kennen, zu wem spreche ich dann? Immer missverstanden zu werden, löst diesen tiefen Schmerz und die Angst aus. Das ist die Kreuzigung. Das ist es, was mich so schmerzt. Wie kann ich in einer Welt mit so vielen Täuschungen leben? Aber wer ist da, um eine Wahl zu treffen? Wenn so viel Licht zu sehen ist und so viel Dunkelheit sichtbar ...

Januar 1998

Die finstere Nacht, die Angst vor den Wellen,
Der schreckenerregende Strudel,
Was wissen sie schon von unserem Zustand,
Die leichthin an der Küste wandern?

Hāfiz

Verwirrung

Spirituelles Leben ist ein lebendiger, dynamischer Prozess. Der Wanderer wird davon erfasst, darin eingesogen und bis zur Unkenntlichkeit verändert. Und diese dynamische Entwicklung in uns hat kein Ende. Zustände wechseln, Stationen drehen unser Herz, und gradweise, sehr langsam, verändert sich unser Bewusstsein und unsere Wahrnehmung verlagert sich. Wie das geschieht, ist ein Mysterium, so wie der ganze Prozess der inneren Transformation ein Mysterium ist. Doch der Wanderer muss lernen, mit diesen Veränderungen zu leben, sich anzupassen, das alte Verständnis zurückzulassen, und dem Neuen ermöglichen, erkannt zu werden.

Wieder einmal ist mir allmählich klar geworden, dass es nicht so ist, wie ich dachte, dass die Reise heimwärts eine andere Dimension, eine tiefere Richtung enthält. Ich musste mich der Illusion von meiner eigenen Reise stellen, erkennen, wie ich in bestimmten Überzeugungen, besonders spirituellen Überzeugungen, gefangen gewesen war. Jetzt fühle ich etwas anderes, etwas Grundverschiedenes. Ich kann es die »inzestuöse Finsternis« nennen, aber das ist nur eine Bezeichnung, ein Versuch, etwas von einer wirbelnden Qualität in Worte zu fassen, das Verwirrung, Chaos und ungeheure Freiheit mit sich bringt.

Immer verändert sich die Reise, der Pfad. Immer werden wir in etwas geworfen, das jenseits von dem ist, was wir erwartet haben. Meine Lehrerin hat viele Vorträge über den Pfad und das spirituelle Leben gehalten. Das waren inspirierende und aufschlussreiche Vorträge, doch gegen Ende ihres Lebens sagte sie: »Das war, wie ich es damals sah. Jetzt sehe ich das ganz anders. Jetzt gibt es nur Verschmelzen.«

Jahrelang habe ich versucht, das spirituelle Leben zu verstehen und zu beschreiben, es mir und anderen zu erklären und einen Bezugsrahmen für eine mystische Reise zu vermitteln, die ins Jenseitige führt. Ich bemühte mich, mit dem klaren Licht des Bewusstseins und sorgfältig ausgewählten Worten einen Weg aufzuzeigen, einen Pfad, der zur Tradition der Liebenden gehört und die Lehren unserer spirituellen Vorfahren, derer, die ihn vor uns gegangen sind, transportiert. Ich hielt es für notwendig, ihre Worte in die heutige Sprache zu bringen, damit der Pfad für die Leute zugänglicher wird. Jetzt spüre ich etwas anderes, etwas, das schon immer am Rand des Bewusstseins andeutungsweise da gewesen und doch in seiner Intensität vermieden worden ist. Jetzt bin ich hineingeworfen worden und kann dieser Intensität nicht mehr entkommen. Ein Zustand von Chaos umfasst mich von innen, nicht das Chaos des Wahnsinns, sondern ein Chaos des Werdens, das Chaos des Lebens und dessen, was jenseits des Lebens ist.

Wo führt der Pfad entlang, welchen seltsamen Nebenwegen folgt er? Wir suchen immer nach einer Richtung. Gehen wir nach Hause? Ist dies der richtige Pfad? Sind wir darauf eingestimmt? Aber der Pfad ist viel unergründlicher und viel älter als jeglicher Sinn für Orientierung. Er gehört zur zeitlosen inneren Dimension, zur gnadenlosen Leere, in der alles Gnade findet. Ja, man kann wählen, ja, wir können den Pfad verlieren, wir können dem Ego mit all seinen Raffinessen der

Abwehr aufsitzen. Wir können mit den besten Absichten vom Ruf unseres Herzens und vom Rand des Abgrunds weglaufen. Wir können sagen: »Nicht jetzt«, »Ein andermal«, »Warte ein bisschen, ich komme noch. Ich will wirklich die WAHRHEIT, ich will wirklich nach Hause. Aber jetzt, in diesem Augenblick, muss ich mich um andere Dinge kümmern, um dringendere Angelegenheiten.« Und so verschwindet der Pfad, wenn seine Dringlichkeit verdeckt, seine Anforderungen vernachlässigt werden. Doch was ist verloren gegangen? Wie kann der Pfad je verloren gehen? Wie kann das Tosen des Meeres und der Ruf der Seevögel je vergessen werden? Können wir den endlosen Abgrund wirklich ausblenden?

Der Pfad ist ein merkwürdiges Geschöpf. Voll des Unerwarteten, geboren aus dem Unerwarteten versucht er uns ins Unbekannte, ins Unerkennbare zu führen. Doch immer wollen wir die Sicherheit des Wissens, und so betrügt uns unsere Angst vor dem Dunkel, führt uns hinters Licht, stellt uns vor greifbarere Probleme, gibt uns zugänglichere Antworten.

Was ist dieser Pfad, dieser leere Weg, dieser Ruf von weit her? »Ich habe Sätze und ganze Seiten auswendig gelernt, aber nichts kann über die Liebe gesagt werden.« Wenn wir in die Gegenwart des Geliebten treten, sind alle Worte vergessen. Es gibt einen Herzenskummer, einen Ruf und ein Seufzen, das aus der Tiefe kommt. Das sind Zeichen, aber wo führen sie hin? Warum erwarten wir etwas Fassbares, sogar Anständigkeit oder Reinheit? Warum suchen wir nach Versicherung, wenn wir doch an dieses Wassers Rand stehen? Es gibt keinen Weg voran, nur die Enttäuschung darüber, was wir nicht gefunden haben, was uns unsere Suche nicht enthüllt hat. Erwartungen sind solch eine schwere Last zu tragen, Übergepäck, das die Sicht behindert.

Folge dem Ruf deines Herzens; folge dem Pfad – aber wohin? Was bedeuten diese Worte der Ermutigung, wenn wir tief in uns doch den Schrecken der endlosen Nacht verspüren und sicher gehen wollen, dass unser Pfad sich um diesen trostlosen Ort herumschlängelt? Wir hören diesen Satz: »Stirb, bevor du stirbst«, doch was wissen wir von dieser äußersten Verlassenheit, von dem Verrat von uns selbst? Oh, der Pfad führt uns an den Rand des Wassers und versieht uns vielleicht sogar mit der Illusion eines Bootes, mit der Fantasie einer fernen Küste, doch das sind wirklich nur Gedankenspielereien und psychologische Tricks. Es gibt kein spirituelles Brettspiel, keinen Pfad zur Erleuchtung, denn unser Geliebter, der »wie ein Dieb in der Nacht« kommt, überwältigt uns so unerwartet, wie wir uns das niemals in irgendeiner Weise haben ausmalen können.

Warum suchen wir nach Antworten? Warum bemühen wir uns, die richtige Kleidung für die Reise anzuziehen, die korrekte spirituelle Haltung anzunehmen, wenn wir doch ungeschützt sein müssen? So viele Geschichten sind erzählt, so viele Bücher geschrieben und Bilder gemalt worden, und immer umgehen wir den Abgrund voller Angst, uns dem Ausmaß unseres Scheiterns und unserer Sehnsucht zu stellen, der Tragik unserer wahren Natur, diesem seltsamen Ruf, der allein uns zu zerstören vermag. Immer versuchen wir uns davon zu überzeugen, dass es auf dem Pfad tatsächlich um etwas anderes geht, darum, etwas zu finden, etwas zu werden, und damit vermeiden wir, den höchsten Preis zu zahlen – und das wahre Wesen der Reise.

Kummer, endloser Kummer wird uns zuteil, auf dass wir damit arbeiten, uns öffnen, uns nehmen lassen und still werden. Dieser endlose Kummer birgt Ozeane der Freude in sich, einer Freude, die das Leben selbst ist, das verborgene Gesicht der Schöpfung. Diese Freude ist keine glitzernde Alternative zum Leben, kein Dahingleiten auf der Oberfläche, sondern die Intensität der Leere, die in die Form strömt, der Liebe, die ins Dasein tritt, die Intensität des Geliebten, der Sich Selbst manifestiert. Und der Kummer ist Sein Versprechen, dass wir Ihn nicht vergessen können, ist das Gedächtnis des Herzens, ist die Prägung der Seele. Dieser Kummer ist das Verlangen und die Sehnsucht, ist der Ruf und das Echo, ist das Vergessen und die Erinnerung. Dieser Kummer ist der Abgrund, wenn wir ihn zu leben wagen, ist die ewige Leere der Liebe Gottes für uns.

Doch wer vermag diesen echten Kummer zu ertragen, diesen Wein, der wie Blut schmeckt? Nur die Tollkühnen, die Naiven und die Verzweifelten. Nur die Soldaten des Schicksals des Herzens und die schamlosen Frauen vom Markt der Liebe. Auf diesem Marktplatz werden wir gekauft und verkauft, wird unser kostbarster Besitz verstreut und als wertlos betrachtet. Wir werden durch die Liebe zur Liebe gebracht, werden trunken und einsam gemacht, berauscht und hilflos. Süchtig nach der Sehnsucht, hungrig nach dem, was WIRKLICH ist, kennen wir weder uns selbst noch das Chaos, das uns erwartet. Wir stellen uns so gern vor, dass wir spirituelle Sucher sind, Liebende, Wanderer, doch wenn wir uns bedingungslos weggeben, haben wir keinen Namen mehr, denn was könnte noch benannt werden? Die Verlorengegangenen haben keinen Namen.

Die zurückbleiben, haben Namen; sie tragen die Banner ihrer eigenen inneren Entwicklung, ihres spirituellen oder weltlichen Erfolgs. Sie wissen, wer sie sind, und sie glänzen in ihrer Selbstanerkennung. Die Verlorengegangenen sind nicht so; sie haben nur noch die Leere und den Hunger und die wirbelnden Wasser, die sie jeden Moment forttragen können. Sie wissen, sie sind dazu bestimmt, genommen zu werden, und der Rest geht sie nichts an. Vielleicht hatten sie Erfahrungen, kurze Einblicke in das Jenseits. Doch die wahre Reise reicht über all solches Wissen hinaus, ist zu einfach, um erklärt, zu gewöhnlich, um bemerkt zu werden, und zu eindringlich, als dass man darüber sprechen könnte. Über manche Dinge lässt sich nichts sagen, vielleicht, weil sie zu intim sind, zu schmerzhaft, zu verwirrend oder einfach unaussprechlich; vielleicht war die Liebe größer, als wir sie für möglich hielten, als wir dachten, dass sie uns zusteht. Solche Liebe ist nichts für die Kleinmütigen, nichts für jene, die an Dualität und trennende Grenzen glauben. Solche Liebe ist nur für die Verlorenen, für jene, die sich selbst weggegeben haben, die Ja zu Gottes Willen gesagt haben. Und immer warten wir, genommen zu werden …

Februar 1998

Ein Schrei der Verzweiflung

Wovor fürchte ich mich so, dass ich mich nach innen zurückziehe, versuche, mich zu verstecken, vor mir selber zu verschwinden? Es gibt nur Seine Liebe und die Hingabe Seines Dieners. Dennoch fühle ich mich so verloren, so allein, so verlassen. Ich bin nichts weiter als ein Liebender, nichts weiter als jemand, der sich für die Liebe entäußert, und doch kommt es mir jetzt so vor, als hätte sich das Blatt gewendet. Innerlich ist Nacht eingekehrt, und es ist nur Finsternis da, nicht einmal der erste Stern des Morgens. Wo hast du mich hingeführt, mein Geliebter? In welchen Raum hast du mich gestoßen? Ich möchte nur dein Diener sein, und doch fühle ich mich so verlassen, so vergessen, so missverstanden. Da ist ein Alleinsein, das weder von gestern noch von morgen kommt. Es packt mich, als sei eine uralte Furcht damit verbunden.

Ist das dieselbe Angst, die ich vor zehn Jahren empfand, als ich die Arbeit sah, die vor mir lag? Ist das die Angst vor der Aufgabe, vor der Einsamkeit der Arbeit? Da sind Freunde, die denselben Pfad gehen, aber ich muss allein sein, sonst würde die Arbeit ihre Schärfe verlieren, ihre verrückte, verzweifelte Kompromisslosigkeit. Ich bin einer der Verlorenen. Mehr lässt sich nicht sagen. Aber warum diese Angst, die mich von innen her ergreift? Die Arbeit nimmt weiter ihren Lauf wie eine Nadelspitze oder ein Pfeil. Ich bin in ihr allein und doch nicht allein. Verloren, doch wie kann ich verloren sein, wenn ich mit Gott bin? Vergiss und erinnere …

Ich bin in einen neuen Raum geworfen worden, und ich schaue umher und frage mich, wie ich hoffen konnte, lange in einer angenehmen Umgebung zu bleiben. Das war ein Witz! Es gibt nur den endlosen Horizont der Liebe, nur die Finsternis, die Verzweiflung und den eiskalten Regen, der fällt. Woher weiß man, dass es bei der Liebe um Finsternis geht? Weil es eingeprägt ist – dieses urewige Geheimnis der Liebe. Und für uns bleibt nur die Verzweiflung, zu niemandem zu gehören.

Da ist diese Angst. Draußen ist ein schöner Tag, der Himmel blau und Vögel. Doch nichts davon berührt mich, nur dieser uralte Kummer. Es ist so angenehm, in Stille zu sitzen oder mit Freunden zusammen zu sein, doch ich bin in einen Raum gestoßen worden, der kalt wie Eis und trostlos wie der Anbruch des Tages ist. Hier ist die Einprägung von morgen und ein Schrei, der nicht vernommen werden kann. Und ich bin so allein, so entsetzlich allein. Warum, warum, warum?

Warum bin ich verloren? Es gibt nichts, wo ich hingehen, nichts, was ich tun kann, und ich bin verloren, in einer so schrecklichen und uralten Trostlosigkeit verloren. Ein Schrei vom Herzen, eine Seelenqual, eine Leere jenseits aller Vorstellung.

Juni 1999

Gedanken vom äußersten Rand

Es gibt eine vergessene Substanz, die am Rand des Universums liegt. Sie ist weder von hier noch von dort. Sie ist Abwesenheit ohne Anwesenheit. Sie ist verloren gegangen, ohne dass sie sich finden lässt. Sie lebt in der Glaubenslosigkeit, in den verborgensten Winkeln des spirituellen Gedächtnisses. Woher wissen wir, dass sie da ist? Weil sie nicht ist. Alles, was nicht ist, hinterlässt eine Prägung, eine Spur, wenn auch völlig anders als die Spur, die etwas, das existiert, hinterlässt. Aber es gibt Zeiten in der Entfaltung des Universums, in denen diese Substanz benötigt wird. Sie ist absolut notwendig, weil sie existiert, ohne zu existieren. Da sie nicht existiert, hat sie nicht die Wirkung von dem, was existiert. Sie ist nicht in den Begrenzungen des Seins gefangen. Sie interagiert nicht, noch beeinflusst sie die Anziehungskraft eines Gegenstandes oder einer Idee. Und doch hat sie Substanz, keine physikalische oder mentale Substanz, aber eine Substanz, die zwischen den Welten geboren wird.

Es gibt nur sehr wenige Menschen, die mit dieser Substanz arbeiten können, weil man sich dafür seiner Nicht-Existenz bewusst sein und zugleich voll am Leben teilhaben muss. Man muss am Rand der Existenz stehen, wo sogar die Liebe sich davonstiehlt. An diesem Ort spiegelt man diese Substanz ins Sein, auf dass ihre Reflexion mit der Existenz interagiert. Das ist eine sehr feine Arbeit, die Konzentration erfordert, doch es ist nichts da, worauf man sich konzentrieren könnte.

Woher wissen wir, was zu tun ist? Wir wissen es nicht. Das ist wesentlich für den Prozess. Es ist ein schöpferisches Arbeiten aus dem Nicht-Wissen, aus dem Allein-in-der-Leere-Stehen, während der Wind des Ungeschaffenen heult. Doch sehr subtil wird diese Substanz in die Schöpfung gefiltert. Sie hinterlässt keine Spuren, da sie nicht existiert. Sie hat jedoch einen besonderen Effekt wie ein offen gelassenes Tor zu einem sommerlichen Garten. Das offene Tor ist nicht da, aber der Duft der Sommerrosen existiert.

Der Spiegel ist unser eigenes Wesen, es ist die Essenz unseres Wesens, der Ort, wo Sein und Nicht-Sein zusammenkommen. Es ist Präsenz und zugleich eine Präsenz, die sich nicht aufdrückt, die nur ist. Es gibt keine Interaktion. Das ist sehr wichtig. Da zu sein, ohne zu interagieren, ohne um etwas zu bitten oder etwas abzulehnen. Und diese Präsenz hat keine Dauer, noch hinterlässt sie irgendwelche Spuren. Sie schlüpft so rasch ins Nicht-Sein.

Doch da gibt es viel Lachen. Nicht das Lachen über etwas, sondern ein Lachen, das *ist.* Das ist das Lachen des Lebens. Wie das Tor zum Sommergarten ist dieses Lachen eine Öffnung, und in diesem Durchlass vergessen wir etwas. Dieses Vergessen ist sehr wichtig. Die meisten Menschen können nicht vergessen, sie gestatten ihren Erinnerungen immer zu bleiben. Aber ein im Leersein geschulter Geist kann vergessen, kann es möglich machen, dass wichtige Dinge nicht mehr vorhanden sind. Da genau kommt das Lachen hinein. Dieses Lachen versteht nicht die Vergangenheit und die Welt von Ursache und Wirkung.

April 2001

Erinnerungen an einen Augenblick

Warum suchen wir nach etwas, das wir nicht finden können? Warum machen die Leute diese seltsame Reise von nirgendwo nach nirgendwo? In der Leere ist die WIRKLICHKEIT. Alles andere sind flüchtige Schatten, für einen Moment reflektiertes Sonnenlicht. Und doch ist dies das menschliche Drama: den Schatten nachzujagen, verzückt zu sein über einen Augenblick von Sonnenschein. Licht und Lachen, Freude und Hoffnung. Und der Mensch, du oder ich, auf der Suche nach dem, was wir nicht finden können, die Reise kennend, die Umarmung, die Stille im Zentrum und sie dann immer wieder verlierend.

Wir sind deshalb nicht verloren, denn das würde bedeuten, dass es eine andere Möglichkeit gäbe zu sein, dass es ein unbewegtes Zentrum des Seins gäbe, das nicht mal hierhin mal dorthin geworfen wird. Aber die Gezeiten steigen und fallen ständig; an der Küste folgen die Vögel der Ebbe und Flut, suchen nach kleinem Getier im Sand. Alles vergeht, nichts bleibt, und in unserem tiefsten Wesen sind wir dieses Nichts, diese Leere, die WIRKLICH ist.

Tag für Tag sehen wir das Licht kommen und den Abend nahen und die Nacht hereinbrechen, und wir beobachten unsere Träume, wenn wir sie erinnern. Das ist der Kreislauf unserer Tage, unseres Lebens, doch dann gibt es Momente, wo sich der Vorhang hebt und wir plötzlich – aus dem Nichts heraus – *wissen*. In diesem Augenblick sind wir wahrhaft lebendig. Solcherart ist die flüchtige Freude der Existenz, die für immer bleibt, die immer gegenwärtig ist, die das wirkliche Drama ist.

Schau hierhin und dorthin, und du wirst etwas finden. Es wird dich finden. Das ist das Versprechen des Lebens, eines Lebens, das darauf wartet, gelebt zu werden.

Vergiss nicht, dass in der Stille du und ich existieren. Das ist kein Versprechen, sondern die Feststellung einer Tatsache, ein Faden, der so viele Existenzen miteinander verbindet. Und er ist völlig lebendig. Er ist eine Verbindung zwischen einer Welt und einer anderen, einer Lebensspanne und einer anderen, einer Seele und einer anderen.

So viele Erinnerungen, so viele Leben, jedes mit seinem eigenen Geschmack, seinem eigenen Duft. Jedes eine Einprägung des WIRKLICHEN auf der Küstenlinie dieser Welt.

Dezember 2003

Jenseits der Horizonte

Jenseits der Horizonte dieser Welt gibt es einen Ort, den wenige nur kennen, einen Ort ohne Grenzen, ohne Verlust oder Gewinn, wo sogar der Schrei der Möwe vergessen ist. Wenn du hier herkommst oder hergebracht wirst, dann denk daran: Hier gibt es keine Erinnerungen, nicht einmal Stille, denn Stille würde die Existenz von Klang voraussetzen. Und doch erkennt etwas in dir auf geheimnisvolle Weise, was du verloren hast, erkennt die Ur-Leere, das unermessliche Nicht-Wissen, das Wunder dessen, was nicht ist. Was lässt sich über diesen Ort jenseits der Welten überhaupt sagen? Hier gibt es keine Träume, nicht einmal eine Substanz, um Bilder zu formen. Trotzdem gibt es hier eine Zugehörigkeit, die im Kern des eigenen Wesens eingeprägt ist, eine Zugehörigkeit, die nicht zerbrechen kann.

Weit weg gibt es einen Ort, der Existenz genannt wird. Er ist voller Träume, Möglichkeiten, voll von Leben und Tod. Hier gibt es diese Dramen nicht, hier ist das Herz leer. Wenn ich dich hier herbringen könnte, würdest du verstehen, wie wir, wenn alles weggenommen, alles aufgelöst ist, verloren, zerfallen, das sind, was wir sind.

Aber dann rufen uns Kinderlachen und Tränen alter Männer dahin zurück, was die Leute Leben nennen, in diese seltsame Substanz, die sich selbst in die Form webt. Doch auch dann, wenn wir an dieser Küste der Existenz gestrandet scheinen, wenn die Finsternis abhanden gekommen ist, können wir doch niemals vergessen. Dieser Ort jenseits der Welten ist immer mit einem, er ist am Ende und am Anfang eines jeden Atemzugs, in allem, was man kennt, ursprünglicher sogar als die Stille. Er ist die Narbe einer Wunde von einem Liebhaber, den man niemals kannte.

November 2006

Aus den Tiefen des Nicht-Seins

Aus den Tiefen des Nicht-Seins erhob sich eine Stimme: »Es ist weder dies noch das. Es ist, wie es war.« Und in dieser endlosen Leere, in der Stille, die noch vor dem Klang kommt, wo es keine Fußspuren und keinen murmelnden Wasserlauf gibt, ist eine Präsenz vorhanden. Und diese Präsenz braucht es, gehört zu werden. Sie braucht es, dass man sie annimmt und nicht veröden lässt. Sie will erkannt und in der Stille willkommen geheißen werden. Und doch ist sie nicht vor oder nach, und sogar der gegenwärtige Augenblick ist nicht der Ort, wo sie ist. Wie kann das sein? Weil es keinen Augenblick gibt – Augenblicke gehören zur Existenz, zum Wunder dessen, was ist. Und diese Präsenz hat keine Existenz, sie ist auch nicht das Gegenteil von Existenz. Sie hat wirklich keinen Namen.

Und doch fängt in dieser Präsenz etwas an, etwas wird gerade begrüßt, etwas wird gerade zu erkennen gebracht. Das ist das Wunder, das Mysterium, die Magie. Als hätte das Nicht-Sein jetzt eine Heimstatt, einen Ort, einen Ein- und Ausatem. Warum warten wir also, wenn es schon hier ist, die urewige Rückkehr, dieser Augenblick, der kein Augenblick ist? Liegt es daran, dass es so einfach ist und deshalb unerwartet? So gewöhnlich, dass es niemand sieht? Oder kommt es daher, dass es kein wirkliches Wissen darüber gibt, weshalb es hier ist?

Ohne dieses Wissen bleiben wir mit der unbeantworteten Frage, wie Nicht-Existenz und Existenz zusammenhängen.

Wir wissen, wie zwei Dinge miteinander in Verbindung stehen können, aber ein Ding und ein Nicht-Ding? Ein Raum spricht in Weisen zu uns, die in Vergessenheit geraten sind: Er enthält ein Wissen vom Vor und Nach der Existenz.

Aber das ist nicht das, was ich zu sagen versuche, nicht das, dem ich mich anheim gegeben habe. Ich habe das Mysterium von Geschaffenem und Ungeschaffenem gesucht. Und nicht einmal das ist wahr, jedenfalls nicht so, wie es mir gezeigt worden ist. Etwas im Innern kommt zaghaft in die Existenz, als würde eine Erinnerung freigelegt, ein Wiedererkennen, von dem, was vorher, vor irgendetwas, gewesen ist. Und ich bin diese Präsenz und die Stimme und das Wissen und die Stille und das Zusammenkommen. Und dennoch warte ich. Darf das nach so langer Zeit wirklich sein? Ist es nicht mehr nötig, mich zu verstecken und so zu tun, als würde ich mit erfahrenen Füßen auf dem Pfad der Existenz wandeln – wenn ich etwas anderes kenne, das mich kennt?

Februar 2008

Warten

Zwischen den Welten gibt es eine Kraft, die darauf wartet, in unsere Welt zu kommen. Es ist eine Kraft, die zum Allmächtigen gehört, zur Energie hinter der Schöpfung. Sie folgt jedoch nicht den Gesetzen dieser Welt. Sie hat einen Sinn für Humor, der die Menschen austricksen und ihnen mit einem Fingerschnipsen die Machtspiele wegnehmen wird. Lachen und Freude sind in Seiner Macht, wenn sie in Seine Welt kommt und Ihn auf eine neue Weise offenbart, indem sie uns für das Mysterium und die Wirkkraft Seiner Gegenwart öffnet.

Sogar unser Gottleugnen, unser Vergessen und unsere Hybris sind Grund für Liebe und Lachen, für das Wiedererwachen göttlicher Freude, da Gott uns wieder einmal an das Göttliche erinnert. Vergiss nicht, es ist Seine Weise und nicht unsere. Nicht diese begrenzte Projektion, das Bild, das wir uns von unserem Schöpfer oder Gott machen, sondern etwas Anderes und Wunderbares, etwas, das vor Herrlichkeit und Liebe lebendig ist.

Und unsere Aufgabe ist es, auf Ihn zu warten, nicht als reuige Sünder, sondern als Liebende, als Diener, als solche, die lange Zeit allein gewesen sind, ohne ihren Geliebten oder Herrn. Vergiss nicht, das ist nicht unsere Welt, sondern die Welt Gottes. Seine Welt und Sein Entfalten.

Unser Vergessen hat einen Preis gehabt. Wohin wir blicken in unserer Welt, sehen wir die ökologische Katastrophe, das unnötige Leiden, den Mangel an Mitgefühl, all die verschiedenen Zeichen für unser Vergessen. Und tief im Herzen fragen wir: Musste es so kommen? Doch eine tiefere Wahrheit wird sichtbar gemacht. Wieder einmal offenbart Sich Gott Sich Selbst. Wieder einmal bekleidet Sich Gott mit den Gewändern der Schöpfung, um in Seiner Welt gegenwärtig zu sein. Und das ist solch eine Gnade, solch ein Wunder, dass nichts sonst eine Rolle spielt.

Frühjahr 2009

Alleinsein

Was tragen wir mit uns, während wir der Morgendämmerung entgegen gehen? Was sind unsere Anhaftungen – die wirklichen und die eingebildeten? Da ist eine Liebe, die sich nicht in Worte fassen lässt, und eine Angst zu versagen, die real ist, die mich verfolgt, seit ich den Pfad betreten habe. Da ist ein tiefes Gefühl von Schicksal, aber gehört jenes Schicksal mir oder Gott? Ich würde gern diesen quälenden Kreis verlassen und zu der Einfachheit dessen, was ist, zurückkehren, aber auch das ist ein Traum, eine Erinnerung an etwas, das niemals war. Immer schon hat ein Gefühl von Bestimmung auf mir gelastet, auch wenn ich versuche, sie zu vermeiden, Wege zu finden, dieses Schicksal hinter mir zu lassen oder es anderen zu geben, so dass ich unbehindert sein und beobachten kann, wie die Jahreszeiten wie Blüten vergehen und die Blätter fallen und stromabwärts treiben. Doch mir ist klar geworden, dass es keine Unschuld gibt, zu der man zurückkehren kann, keinen verzauberten Garten und keine ruhige Berghütte. Da ist immer die Anforderung der zusammenkommenden Welten, des Ortes, wo die beiden Meere aufeinander treffen und die Ströme der Liebe und die Schöpfung, die zu dieser Begegnung gehören.

Warum sage ich also nicht Ja zu diesem Zusammentreffen und nehme dieses Schicksal einfach an und verlange nichts anderes? Warum versuche ich Trost in etwas anderem zu finden? Warum habe ich mich beinahe zerstört statt völlig zu akzeptieren, was mir gegeben wurde? Das Ego hat so viele Verkleidungen, so viele Methoden, uns zu täuschen. Und sogar die Schöpfung selbst täuscht uns eher, als dass sie uns gestattet, ihr größtes Geheimnis zu leben – die Essenz ihrer Zugehörigkeit zu Gott.

Ist das der Grund für mein Weglaufen, für meinen Versuch, mich zu verstecken? Bin ich deshalb in ein Possenspiel von dem untergetaucht, was meine Wahrheit war? Oder gab es eine andere Triebfeder? Musste ich dieses Spiel der Schöpfung spielen, dieses Versteckspiel der Liebe? Musste ich verloren gehen, gefunden werden und wieder verloren gehen und mein Herz dabei auf tausenderlei Weise gebrochen werden? Musste ich das Salz der Existenz schmecken, die Art, wie wir uns selber in die Irre führen, sogar wenn wir meinen, wir sind wahrhaftig? Und ist das wichtig? Sind diese Worte nicht wieder nur etwas anderes, um mich dahinter zu verbergen? Die einfache Wahrheit ist, dass es mir nicht gehört – dass dieses Schicksal immer Seines war, so wie jeder Stein, jeder Duft, jeder Sinn oder jede Sinnlosigkeit Ihm gehören. Und so kehre ich zu einem tieferen Wissen zurück, und dort ist Friede, für einen Augenblick Friede.

Und doch gibt es eine Antwort auf eine nicht gestellte Frage, die noch nicht völlig geboren ist, wie der Tag, der in der Morgendämmerung erst anbricht, bevor er erscheint. Und diese Frage ist sehr einfach. Warum all das Ringen, all die Tränen und die Erschöpfung und die Verzweiflung, wenn alles Gott angehört? Warum ist es, wenn ich doch Gott angehöre und nur das allein Bedeutung hat, so schwer, dieses Schicksal, diesen Ruf zu leben? Fehlt da die Hingabe, die Hingabe, die immer wieder erneut geschehen muss, auch wenn man im

Kern seines Wesens Ja gesagt hat? Ist es eine Art menschlicher Begrenzung, die es zu leben gilt – ähnlich einem Wolf, der in der Nacht heult? Oder ist dies einfach nur die Weise, wie die Dinge sind – dass nichts ohne Schmerz geboren werden kann und die Geburt der Seele eine schreckliche Angelegenheit ist?

Ich weiß, irgendwo gibt es Lachen und grenzenlose Liebe. Und ich habe auf für mich überraschende Weisen die Begrenzungen erfahren, die uns umgeben, sogar die Begrenzungen der Liebe in dieser Welt. Das hat mich mehr als alles andere verletzt, hat mir immer wieder Wunden geschlagen. Das habe ich nicht glauben können, bis mein Geliebter mich gezwungen hat, es zu akzeptieren. Ein jeder unserer Atemzüge ist in Form eingefangene Liebe, und in der Form liegt Begrenzung. Es gibt in Gottes überwältigender Einheit eine Trennung oder zumindest die Illusion einer Trennung, die wir alle leben müssen. Jeder von uns muss seiner Einzigartigkeit treu sein, einer Einzigartigkeit, die uns getrennt sein lässt, auch wenn sie mit einer Präsenz geprägt ist, die zu Gott gehört. Das ist für mich das größte Paradox, nämlich dass das Bewusstsein göttlicher Einheit ein Bewusstsein der Trennung mit einschließt, dass wir uns voneinander unterscheiden und von Gott getrennt sind. In dieser Welt tragen wir den Stempel von Gottes Einzigartigkeit, und das bedeutet Trennung.

Jeder von uns trägt einen Strahl göttlicher Liebe, der sich von allen anderen unterscheidet, der unser Schicksal und unsere Reise ist. Vollständig zu inkarnieren und diese Liebe zu leben, ist nur in unserem Alleinsein möglich, auch wenn wir wissen, dass wir eins sind. Das ist mir so schwer gefallen zu akzeptieren, als würde ich zu sehr an der grenzenlosen Natur der göttlichen Liebe hängen, an der formlosen Welt vor der Schöpfung. Und ich muss die Welt der Begrenzungen annehmen, die Welt, die da entsteht, wo die beiden Meere zusammenfließen. Und in dieser Wahrheit liegt eine Einfachheit, auch wenn es nicht die Einfachheit ist, die ich haben zu wollen glaubte.

Ich wollte immer in die Einheit zurückkehren, die alles umfasst, in der alles von Liebe durchtränkt ist. Und stattdessen fand ich eine Einheit, die in meinem Alleinsein beheimatet, die in ihrer eigenen Achse der Wahrheit gegenwärtig ist. Und ich habe dazu einen bestimmten Traum aufgeben müssen, denn in unserer Welt hat man immer einen Preis zu bezahlen, immer eine Last an der Grenze zurückzulassen. Vor der Morgendämmerung gibt es immer einen Wolkenschleier, der die Sonne bedeckt, eine Dunkelheit, die da ist. Und manchmal sind es unsere tiefsten Wünsche, unsere Sehnsüchte, die diese Wolke schaffen, und auch sie müssen zurückgelassen werden. Das Sonnenlicht ist trostlos in seiner Gewöhnlichkeit.

So kehre ich zu dem zurück, was ich immer schon kannte, zu dem einsamen Einzigartigsein, das ich meinte, hinter mir lassen zu können. Ich kehre zu dem tiefen Wissen zurück, dass ich in meinem Alleinsein in den inneren und äußeren Welten mit Gott bin. Wenn das der geforderte Preis ist, dann habe ich ihn vielleicht bezahlt.

August 2009

Herbstgedanken

Wie kann man eine unsichtbare Gegenwart beschreiben? Wie kann man eine Süße tief im Herzen, eine Stille, die weder gesucht noch gefunden worden ist, in Worte fassen? Dennoch fordert mich etwas in mir auf, über meinen Geliebten zu schreiben, zu sagen, wie sich die Gegenwart meines Geliebten anfühlt. Ich könnte stundenlang darüber sprechen, wie fordernd Er ist, wie Er jede Ausflucht, nicht mit Ihm zu sein, weggenommen hat, könnte von der Heftigkeit Seiner Befehle oder zumindest wie heftig sie für mich sind, berichten. Und doch denke ich allmählich, dass dies alles eine Schöpfung aus mir selbst ist. Gott *ist* einfach – und sogar das Durchbohrtwerden von der göttlichen Liebe ist nichts weiter als ein Zeichen für meinen Widerstand. Sogar die Verzweiflung des Verlassenseins ist einfach nur etwas, das ich selbst erzeugt habe, denn wie kann mein Geliebter nicht immer mit mir sein?

Bedeuten diese Worte etwas? Ist Sinn überhaupt in Worten zu finden? Was ist nach einem lebenslangen Ausschau-Halten, Suchen, Ringen enthüllt worden außer der Leere im Zentrum des Kreises und einem tiefen Erkennen, dass alles Gott angehört? Aber in diesen Worten fehlt etwas so Wesentliches, dass ich mich schäme, sie niederzuschreiben, und es zerreißt mein Herz, ohne meinen Geliebten in dieser Welt zu sein, auch wenn ich weiß, dass Alles Er ist.

Was also ist die Ursache für meinen Kummer, und wer bin ich, um bekümmert zu sein? Ich weiß, Gottes Liebe ist überall, in jedem Atemzug, auch wenn ich vergesse, Seinen Namen zu wiederholen. Ich weiß, dass der Schrei aus dem Herzen der Schrei meines Geliebten ist, auch wenn es sich anfühlt, als würde mein Herz zerspringen. Und all dieses Wissen bedeutet nichts, denn es fehlt etwas, eine bestimmte Note wird nicht gespielt. Und ohne diese Note fühlt sich mein ganzes Leben wie ein Blatt im Herbst an, abgeworfen, fortgeweht und dann fortgekehrt oder zurückgeblieben auf dem Waldboden, ohne Wissen über sein Schicksal oder das Schicksal des Baumes, von dem es stammt.

Von einem Baum kommen so viele Leben, so viele Erfahrungen von demselben Einen Ding, und jedes Blatt ist anders, und doch kommt es vom selben Baum. Und der Baum ist nur ein Baum in dem unendlichen Wald manifest gewordener göttlicher Liebe.

Ein Leben des Sehnens, Suchens, Ringens, und jetzt ist keine Energie mehr übrig für das Ringen oder Suchen. Doch da bleibt die unermessliche Traurigkeit zu wissen, dass etwas nicht gelebt wird, ein Aspekt der Gegenwart meines Geliebten hat sich nicht manifestiert. Aber wessen Leben ist es? Das »Ich« möchte etwas für sich, möchte sagen: »Ich existiere.« Aber sogar diese Illusion, dieser Witz eines »Ich«, das nur zu gut um seine Begrenzungen weiß, das sich inmitten der Anforderungen des Lebens nach Frieden sehnt, steht wartend da. Gehört dieses Warten Gott oder mir, und spielt das eine Rolle?

Und so sehnt sich mein Herz danach, etwas auszudrücken, zu sagen: »So ist es«, aber was kann gesagt, was in Worte gefasst werden, während die Autos draußen auf der Straße vorbeifahren und der Sommerregen sanft fällt? Es ist wie eine aus der Nicht-Existenz kommende Frage, die erkannt werden möchte und dann gleich wieder in der Leere verschwindet, weil sie weiß, es gibt keine Antwort.

September 2009

Weiteres Ringen um Worte

Wem gehören die Worte, die nur der Stille eigen sind? Was ist das für ein Weg, der nirgendwo hinführt? Am Abend brennt das Feuer niedrig, aber es ist nicht nötig, noch mehr Holz in die Flammen zu legen. Bald wird nur noch Glut übrig sein, und dann wird die Nacht kommen. Wir suchen immer nach Antworten, aber es sind die Fragen, die das eigentliche Hindernis bedeuten, Luftspiegelungen in der Wüste des Verstandes. Ist der Mond voll, scheint sein Licht heller, als wenn er noch neu ist. Könnte ich doch alles vergessen, keine Erinnerungen in meinen Verstand einbringen. Manchmal ist es möglich, aber dann tauchen von tief innen Gefühle auf, eine plötzliche Traurigkeit oder Lachen. Kinder spielen im Schnee, bauen Schneemänner oder werfen Schneebälle. Und bald wird alles wegschmelzen, doch das Lachen wird zugegen sein wie eine Glocke, die schon geläutet hat. Und die Tränen … was wird es brauchen, dass sie verloren gehen?

So viele Dinge habe ich zu verstehen versucht, aber letzten Endes fällt alles fort. Doch gleichzeitig ist das Leben voller dieser zusammengewobenen Fäden. Vielleicht ist es das, was man unter von Tag zu Tag leben versteht, die Gaukeleien so vieler Stimmen, diese Tapisserie, die darum ringt, sich selbst zu erschaffen. So viele Fäden, auch wenn das Herz weiß, es gibt nur einen einzigen Faden, nur ein Mysterium, das wieder und wieder geboren wird, der einzige Pinselstrich eines

Großen Meisters. Was also ist es, was wir wirklich sehen oder fühlen? Bilder in einer Landschaft, die womöglich existiert. Vielleicht ist es einfacher, nur den heißen Tee zu schmecken und mir die Hände an dem Becher zu wärmen.

Oktober 2009

Liebe

Und so geht die Reise weiter … Dein Herz bringt dich an Orte, die nicht existieren, wo der Schnee sanft fällt und der Wind von hinter den Wolken kommt. Und hier in diesem Land vermagst du alles zu vergessen, sogar deine eigene Existenz. Da gibt es keinen Spiegel, der dich reflektiert, kein offenes Tor, durch das du gehen kannst, nur eine endlose Landschaft der Liebe, die keine Grenzen kennt. Und der Wind ist wirklich und der Schnee fällt weiter, und die Liebe besteht fort und wird immer fortbestehen. Also kannst du diese alten abgetragenen Kleider, die du deine Existenz nanntest, hinter dir lassen, diese Weisen, wie du zu gehen gewohnt warst, als du noch dachtest, du wärst am Leben. Denn hier an diesem Ort, der wie kein anderer ist, gibt es die Freiheit, um die du immer wusstest, eine Freiheit, die der Liebe eigen ist.

Sei nicht entmutigt, sei niemals entmutigt, auch wenn du dich so verloren und so missverstanden fühlst, wenn dich die Räder der Existenz ständig auf Straßen bringen, auf denen du lieber nicht reisen möchtest. Da gibt es dieses andere Land, diese Landschaft, die zur Liebe gehört. Das ist der Ort, wo die beiden Meere zusammenfließen, wo die Existenz ihre Geheimnisse enthüllt, wo die Zeit aufdeckt, was immer schon war, auch wenn du es noch nie zuvor gesehen hast.

Warum also warten wir, fühlen uns, als seien wir gescheitert, hoffen auf etwas, wenn wir längst an dem Ort sind, wo die beiden Meere zusammenkommen, wo die Reise, die wir unser Ich nennen, längst zu Ende ist?

Sorge dich nicht, es gibt nichts zu finden oder zu verlieren – der Mond wird immer aufgehen, der Wind wird die Wolken auseinander treiben, und die Zeit wird dich dahin bringen, wohin du gehen musst. Du bist der Ort, wo die beiden Meere zusammentreffen, wo die Liebe enthüllt wird, wo die Stille in den Klang gespiegelt wird. Trotzdem sind wir so konditioniert, uns Sorgen zu machen, in einer Sprache zu träumen, die Missverständnisse auslöst, und nach Bedeutung zu suchen, wo das Wasser nur das Abbild des Mondes zeigt. Wir gehen wieder und wieder in die Irre, suchen nach etwas, das nicht beantwortet werden kann. Trotzdem gibt es immer diesen anderen Ort, diese Unermesslichkeit, die uns ruft, die uns aus unserer Existenz herausholt. Vergiss nicht, er ist immer hier. Er kann nicht irgendwo anders sein, so wie die Liebe niemals anderswo sein kann, denn das würde die wahre Natur der Liebe verleugnen.

November 2010

4

Was heißt es, Lehrer zu sein?

Die vorausgegangenen Passagen beschreiben die Intensität einiger meiner inneren Erfahrungen. Und doch hängen meine schwierigsten und oft widersprüchlichsten Erfahrungen mit meiner Arbeit als spiritueller Lehrer zusammen. Wenn es zur eigentlichen Dynamik des mystischen Lebens gehört, zu verstören und in die Irre zu führen wie auch zu befreien und zu berauschen, dann ist es der Lehrer, der im Zentrum dieses Strudels göttlicher Liebe steht.

Die Liebe zwischen Lehrer und Schüler ist die machtvollste und zugleich paradoxeste Beziehung, die ein Mensch erfahren kann; sie ist einzigartig in dieser Welt in der Hinsicht, dass sie nur Gott angehört. Und doch muss sie auf der menschlichen Bühne aufgeführt werden, wo sie unvermeidlich in die begrenzten und verzerrten Strukturen des Ego und der Persönlichkeit gerät. Vom Standpunkt der Seele aus mögen all die Projektionen und Missverständnisse, die dadurch entstehen, wie ein unnötiges Drama wirken, das ganz und gar auf Illusionen beruht, und doch hat auch dieses Drama eine Funktion. Es ist die Aufgabe des Lehrers inmitten von all dem der wahren göttlichen Natur, der Liebe und dem inneren Licht des Schülers unerschütterlich treu zu bleiben, denn die Übertragung der Liebe, die dieser braucht, um die Reise machen zu können, wird von Herz zu Herz gegeben.

In einem früheren Kapitel »Staub zu seinen Füßen«, habe ich über meine Beziehung zu meinem Shaikh, dem Naqshbandi-Sufi-Meister Radha Mohan Lal, berichtet. Das folgende Kapitel beschreibt ein wenig von meiner eigenen Arbeit als Sufi-Lehrer. Ich begann mit dieser Arbeit, als ich sechsunddreißig war und von meiner Lehrerin, Irina Tweedie, nach Nordamerika geschickt wurde, um dort Vorträge über den Sufi-Pfad zu halten. Und als sie sich 1992 zurückzog, wurde ich ihr Nachfolger.[38] *1998, das Jahr vor ihrem Tod, wurde ich zum Sufi-Shaikh ernannt.*

Ich sollte klarstellen, dass es zwei unterschiedliche Arten von spirituellem Lehrer gibt. Zum einen sind da die Lehrer, die die spirituellen Lehren, Methoden und Übungen ihrer Tradition vermitteln. Sie halten auch Vorträge, geben Seminare, schreiben Bücher und haben Studenten, die sich mit diesen Lehren befassen und häufig die Praktiken ausüben. Darüber hinaus gibt es spirituelle Lehrer, die Schüler haben und die volle Verantwortung für die spirituelle Entwicklung ihrer Schüler und deren Reise nach Hause übernehmen. Ich habe eine Reihe Bücher geschrieben und einige der Lehren meiner Linie des Sufismus dargelegt. Dieses Kapitel handelt von meiner Arbeit in der traditionellen Beziehung von Lehrer und Schüler. Wenn auch das meiste dieses Geschehens von Seele zu Seele in der Tiefe des Herzens, außerhalb des Zugriffs des Bewusstseins geschieht, hoffe ich, etwas von der menschlichen Seite dieser so absolut außergewöhnlichen Beziehung transportieren zu können. Besonders möchte ich die Unklarheit beschreiben, die ich so oft empfinde, wenn es darum geht, was zum Menschen und was zu Gott gehört, und darstellen, wie sich dies in meinem Leben ausgewirkt hat.

Der Lehrer ist ohne Gesicht und ohne Namen

Was heisst es, Lehrer zu sein, Führer, und die spirituelle Verantwortung zu haben, Seelen nach Hause zu bringen? Viele Jahre wusste ich, was es heißt, Schüler zu sein, zu erfahren, wie mein Herz durch die Liebe geöffnet wurde, zu Füßen meiner Lehrerin zu sitzen und in der Leere aufgelöst zu werden, das Licht einer anderen Welt in ihren Augen zu sehen. Vom ersten Moment meiner Begegnung mit der weißhaarigen russischen Dame, die meine Lehrerin werden sollte, fühlte ich die innere Autorität in ihr, die einem Sufi-Lehrer eigen ist, und in den darauf folgenden Jahren saß ich, Woche um Woche, voller Furcht und Sehnsucht in ihrem kleinen Zimmer und wollte nichts weiter als die WAHRHEIT, die sie, wie ich wusste, kannte. Wenn sie von ihrem Shaikh in Indien sprach, fühlte ich seine unsichtbare Präsenz, ein Wesen der Macht und Liebe, dem ich, wie ich allmählich begriff, über Leben und Tod hinaus gehöre. Ich erkannte diese Energie des Pfades, der alles von mir verlangen würde, und über die Jahre erlebte ich, wie der Schüler durch die Liebe – die bittere und die süße – zerstört und neu erschaffen wird.

Dann, eines Tages, ich war vierunddreißig, erfuhr ich von Irina Tweedie, dass auch ich Lehrer werden und diese Übertragung der Liebe übernehmen würde. Diese einfache Aussage, fast im Vorbeigehen getan, erschreckte mich. Doch sie machte auch Sinn und war wie ein Widerhall einiger Träume, die ich in den vergangenen Jahren gehabt hatte. Ich erkannte, wie die Schulung schon vor Jahren, vielleicht sogar bald nachdem ich das erste Mal als zerbrochener, gestörter junger Mann zum Pfad gekommen war, begonnen hatte. Ich konnte kurz sehen, wie ich von den Meistern des Pfades geleitet worden war. Und obwohl ich wusste, dass es eine Gnade war, diese Arbeit übertragen zu bekommen, war es auch das Letzte, was ich wollte. Es war, als wüsste ich da bereits, dass sie mehr von mir verlangen würde, als ich glaubte, geben zu können, und mich auf Weisen zerstören würde, die mir noch unbekannt waren – die Angst war sehr realistisch.[39]

Ich hatte, seit ich neunzehn war, zu Füßen meiner Lehrerin gesessen und kannte ihre Methoden, mit Leuten zu arbeiten, und sah auch, was der Pfad ihr abverlangte. Da die Sucher die grenzenlose Liebe in ihr spürten, hatten sie instinktiv wohl das Gefühl, ihre Forderungen dürften ebenfalls grenzenlos sein. Ich sah sie geben und geben, bis ihr Körper und ihr ganzes Wesen erschöpft waren, und auch dann noch gab sie. Erleben Menschen erst einmal wahre Liebe, kommen all ihre unbefriedigten Bedürfnisse zum Vorschein, die dann fast alles andere ersticken. Die Leute kamen sowohl mit all ihren Sorgen wie auch mit ihrer Sehnsucht, und alles wurde auf ihr abgeladen. So viel wurde von ihr erwartet. Und das sollte die Arbeit und die Welt sein, die auf mich warteten.

Ich hatte zwar dadurch, dass ich in ihrer Gegenwart gesessen und sie Tag für Tag bei ihrer Arbeit mit den Leuten erlebt hatte, eine gewisse Ahnung, worum es dabei ging, aber natürlich war meine Erfahrung mit dieser Arbeit dann recht anders. Meine Lehrerin hatte mit über sechzig, nach dem Tod ihres Shaikhs gerade aus Indien zurückgekehrt, angefangen, und die ersten zehn Jahre versammelten sich nur wenige Leute um sie und saßen mit ihr in ihrem kleinen Zimmer in Nord-London. Ich begann, als ich jung und der Pfad schon im Westen gegenwärtig war, und es gab bereits einen großen Raum voller Leute. Meine Reise war anders, und doch war die Essenz der Arbeit dieselbe: eine Übertragung der Liebe zu halten, damit sie denen gegeben werden konnte, die sie brauchten.

Ich sollte wohl gleich sagen, dass es von meiner Erfahrung her gesehen fast unmöglich ist, spiritueller Lehrer im Westen zu sein. Kürzlich kam ein junger Mann zu mir, der angefangen hatte, eine kleine Gruppe um sich zu scharen und Rat wollte, wie man als spiritueller Lehrer sein sollte. Halb im Scherz antwortete ich: »Ich denke, es ist unmöglich. Hier im Westen gibt es kein Gefäß, keine Tradition für die wahre Beziehung von Lehrer und Schüler. Wir haben keinen Bezugsrahmen für diese Beziehung der Seele, die unpersönlich und zugleich intim ist. Es gibt nur Missverständnisse und Projektionen. Es ist viel besser, einen vernünftigen Job als Klempner oder Buchhalter zu haben.« Ich glaube nicht, dass er verstand, was ich meinte.

Im Westen haben wir nur noch einen schwachen Widerhall dieser alten Tradition in der Liebe von Maria Magdalena für Jesus Christus und den wenigen Worten, die sie zu ihm sagte, nachdem sie ihn erst irrtümlich für einen Gärtner in der Nähe des leeren Grabes gehalten hatte:

> »Spricht Jesus zu ihr: ›Maria!‹ Da wandte sie sich um und spricht zu ihm: ›Rabbuni!‹ Das heißt Meister.«[40]

Hier haben wir die Hingabe und Liebe, die dieser traditionellen Beziehung von Schüler und Lehrer eigen sind, aber sie ist von der Kirche unterdrückt worden und in Vergessenheit geraten. Und doch weiß jeder, der durch die Liebe des Lehrers erweckt wurde, um deren Wahrheit. Aber wie lässt sich diese heilige Beziehung in einer Kultur ausdrücken und leben, die nur persönliche Liebe kennt? Wie schafft man es, sich nicht in den zahllosen Projektionen und Missverständnissen zu verfangen, die leicht entstehen, wenn so viel Liebe und Nähe da ist? Wie können wir dieses Mysterium in seiner Reinheit leben, damit es uns dahin zu bringen vermag, wie Maria den auferstandenen Christus zu sehen?

Für den Lehrer stellt sich die Frage, wie diese Wahrheit, diese essenzielle Liebe, zu halten ist, wenn man weiß, sie wird sogar von den aufrichtigsten Suchern missverstanden. Diese Frage hängt mit meiner Erfahrung zusammen, dass der Lehrer damit rechnen muss, von dieser Liebe noch mehr verbrannt zu werden als der Schüler. Der Lehrer muss diese Liebe in ihrer wahren, unpersönlichen Natur halten, denn er weiß, sie gehört nur Gott an. Zusammen mit der Liebe ergibt sich ein tiefes Anerkennen und vollständiges Annehmen des Wanderers – man kann den Pfad nur als ganzer Mensch gehen. Doch genau diese Liebe und Akzeptanz erwecken im Schüler so oft den Wunsch, eine persönliche Beziehung zum Lehrer zu haben, weil der Schüler nicht versteht, dass die wahre Beziehung zur Seele und nicht zur Persönlichkeit gehört. Das Bedürfnis, diese Beziehung auf die persönliche Ebene zu bringen, zeigt sich am stärksten bei Frauen, besonders wenn die Liebe und das Verständnis, die sie erfahren, sonst in ihrem Leben fehlen. Und im Westen sind Frauen die Mehrheit der spirituellen Sucher, insbesondere auf einem Pfad der Hingabe wie dem Sufismus.

Doch es kann keine »Freundschaft« mit dem Lehrer geben, ungeachtet der Gefühle innerer Nähe, die sehr real sind. In der Sufi-Tradition führt die Beziehung mit dem Lehrer den Schüler zu einer Beziehung mit Gott hin.[41] Der Lehrer ist im Grunde ein leerer Raum, durch den hindurch die Energie des Göttlichen die Schülerin nähren kann, oder ein Spiegel, der nur ihr wahres Selbst reflektiert. Fehlt die Einsicht in die wahre Natur der Beziehung wird die Schülerin sie mit persönlichen Dramen, mit Bildern von Eltern oder Autoritätsfiguren oder sogar mit dem Verlangen nach einem physischen Liebhaber entstellen. Sie wird ihr eigenes Bild auf den klaren Spiegel malen.

Ich erinnere mich, wie ich, als ich die Arbeit begann, geschockt war, wie leicht diese innere Beziehung der Liebe und Nähe einen falschen Platz zugewiesen bekommt, wie diese Intimität der Seele so viele andere Gefühle und Projektionen auslöst. Da ich meinen Shaikh nie auf der menschlichen Ebene gekannt habe, hat sich dieses Drama bei mir nie ereignet, und ich fand es zutiefst verstörend. Eine Zeitlang versuchte ich distanziert zu sein, sogar kalt oder verächtlich, und manchmal schob ich absichtlich die Gefühle weg, die projiziert wurden. Doch dann erfuhr ich, wie leicht das im Schüler Muster der Zurückweisung hervorrufen kann, die dann womöglich alte Wunden aufreißen und dem Schüler die Liebe verhüllen, die gegeben wird, diese Liebe, die ihn nach Hause bringen soll. Ich habe herausgefunden, es ist besser, diese Missverständnisse und Projektionen zuzulassen, die mit der Zeit von der Energie des Pfades und der unpersönlichen Natur der geschenkten Liebe aufgelöst werden.

Jetzt, nach so vielen Jahren, steigt nur noch eine gewisse Trauer in mir auf, wenn mir die Leute erzählen, sie wollten eine »persönlichere Beziehung« zu mir. Wüssten sie um die wahre Natur dieser Liebe, die geschenkt wird, wie es ihr Sinn ist, sie Schritt für Schritt in ein so vollständiges Selbstvergessen zu ziehen, das nur noch die WAHRHEIT bleibt, würden sie nicht versuchen, sie mit den Bildern einer persönlichen Freundschaft zu übermalen. Und könnten sie einen kurzen Blick auf das werfen, was »in mir« ist, diese Leere, wo oft ein kalter Wind weht, der nichts von irgendeinem persönlichen Selbst weiß, würden sie nicht näher kommen wollen. Aber wir malen immer die Bilder, die wir sehen möchten, und wenn die Liebe gegeben wird, gibt es noch keine Kenntnis von ihrer zerstörerischen Wirkung.

Hoffentlich ist der Lehrer jemand, der geschult worden ist, nichts zu wollen, der so völlig leer gemacht worden ist, dass keine Gefahr besteht, in die Falle der vielfältigen Projektionen zu tappen. In der Hinsicht hatte ich das Glück, dass ich fast zwanzig Jahre geschult worden war, bevor ich begann. Ich wurde zu Staub zermahlen, damit ich diese Arbeit tun konnte. Und die ersten Jahre wurde ich genau beobachtet und dann wieder zermalmt. Meine Schulung geschah nach der alten Methode; sie zwang mich wieder und wieder meine Begrenzungen zu sehen. Und das war nur der Anfang.

Eine Seele zurück zu Gott zu führen ist die schwerwiegendste Verantwortung, die einem übertragen werden kann, denn es geht dabei um das Wertvollste in einem Menschen: um die Sehnsucht nach der WAHRHEIT und die Fähigkeit, diese Sehnsucht zu leben – um das Potenzial, nach Hause zu gehen. Nichts ist wichtiger im Leben eines Menschen, und nichts ist mehr der Gefahr des Missbrauchs ausgesetzt. Manchmal kommen Sucher zu mir, die von ihrem Lehrer spirituell betrogen oder sogar missbraucht worden sind. Die Seele wird verdreht, ist nicht mehr in der Lage, das Licht zu leben oder zu reflektieren, das im Innern ist. Diese Sucher werden leicht verlorene Seelen, wandern ziellos ohne wahre

Bestimmung umher. Manchmal kann ihnen geholfen und ihnen ihr Licht zurückgegeben werden. Sie können wieder mit der Bestimmung ihres Lebens verbunden werden. Aber es bleibt fast immer eine Narbe, eine Trauer zurück, dass das, was so kostbar ist, beschmutzt wurde.

Auf dem Sufi-Pfad wird der Schüler durch die Kraft der göttlichen Liebe nach Hause gebracht, und diese Liebe ist die machtvollste und gefährlichste Energie, die existiert. Sie kann jegliches Muster des Widerstands durchtrennen und das Herz erwecken. Die Macht zu haben, diese Liebe in das Herz eines anderen zu geben, bedeutet eine ungeheure Verantwortung. Das bedeutet auch, dass sich dieser Mensch leicht in einen verlieben kann. Diese Liebe ist so ganz anders, als sie der Schüler jemals erfahren hat, und sie wird frei gegeben, ohne dass Bedingungen daran geknüpft sind. Sie ist reines Gift – eine Droge für das Herz. Der Lehrer hält das Herz des Schülers in seinem eigenen Herzen und nährt es mit göttlicher Liebe. Und diese göttliche Liebe wird dann oft mit menschlicher Liebe verwechselt. Ohne entsprechenden kulturellen Hintergrund, der die Hingabe verstehen hilft, geht der Schüler leicht in einem Gewirr der Sehnsüchte verloren, weil er menschliche und göttliche Liebe nicht auseinander halten kann. Es ist die Aufgabe des Lehrers, immer wieder zu versuchen, dem Schüler die wahre, unpersönliche Natur dieser Liebe widerzuspiegeln.

Nach fast zwanzig Jahren bin ich immer noch in ständiger Ehrfurcht, wenn ich dieses innere Drama der göttlichen Liebe verfolge, wenn ich sehe, wie der Schüler in der Liebe gehalten und der Lehrer bei dieser Arbeit von den Gesetzen der Liebe geleitet wird. Doch es dauerte viele Jahre, bis ich die Natur und die Wirkung dieser Übertragung der Liebe verstand: wie die Essenz der Beziehung zwischen Lehrer und Schüler zur Ebene der Seele gehört und die Seele des Schülers mit dem Licht und der Liebe erfüllt wird, die sie für die Reise braucht. Und wie wenig diese Arbeit mit der äußeren Person sowohl des Lehrers wie auch des Schülers zu tun hat. Trotzdem meinen die meisten Praktizierenden, sie würden vielmehr mit der äußeren Person im Austausch sein als mit dem wahren Wesen des Lehrers. Das verursacht so viele Missverständnisse, und doch spielt auch die menschliche Form des Lehrers eine Rolle.

Diese paradoxe Beziehung zwischen Menschlichem und Göttlichem, die so sehr zu meiner Erfahrung des Pfades gehört, ist auch zentral für die Beziehung mit dem Lehrer. Ich habe persönliche Fehler und Schwächen wie alle anderen auch, und doch bin ich geschult, leer gemacht worden, um eine Übertragung der Liebe zu halten, die rein und unpersönlich ist. Da diese reine Liebe unmittelbar von Herz zu Herz geht, erzeugt sie ein Gefühl der Intimität, das Bedürfnisse beim Schüler weckt und Projektionen und Missverständnisse hervorruft. Die Reise des Schülers führt notwendigerweise durch dieses Labyrinth der Missverständnisse, ausgelöst durch die göttliche Liebe, die durch den Lehrer kommt. Ohne die menschliche Gegenwart des Lehrers könnte dieses Drama nicht stattfinden, und doch ist es im Grunde die Leere im Lehrer, durch die der Wanderer in diesen Irrgarten gerät und hoffentlich am Ende in das Mysterium des Verschmelzens hineingezogen wird, wo das Menschliche und das Göttliche ihre essenzielle Einheit enthüllen.

Verpflichtung

Am Anfang meiner Arbeit reiste ich durch Amerika, hielt Vorträge, gab Seminare und fand die Leute, die zu diesem Sufi-Pfad gehören.[42] Es war ein Wunder, plötzlich zu fühlen, wie sich die Liebe in meinem Herzen mit einem anderen Herzen verband, ihre Süße zu erfahren und zu erleben, wie der Sinn einer Tradition lebendig wurde. Was in einem Zimmer in Nord-London begonnen hatte, war jetzt in Vortragssälen und Wohnzimmern quer durch Nordamerika gegenwärtig, als würde ein altes Versprechen oder ein Traum beantwortet. Und mein Herz und mein Leben gehörten zu diesem Versprechen, diesem Mysterium der Liebe, die erweckt wurde. Eine äußere Reise mit so vielen Motelzimmern und Mietwagen war mit einer inneren Reise verbunden, die tiefe Freude und ein Gefühl von Erfüllung brachte. Auch jetzt noch, nach zwanzig Jahren, empfinde ich es als Wunder, wenn ich am anderen Ende des Vortragsraums ein mir unbekanntes Gesicht sehe und feststelle, dass er oder sie schon in meinem Herzen ist, oder wenn ich einen Traum höre, der die alte Prägung des Pfades enthält, oder wenn ich einen jungen Mann entdecke, dessen Reise ihn nach Jahren und vielen Meilen hier hergeführt hat, und weiß, er ist nun da, wo er hingehört.

Über die Jahre wurden allmählich immer mehr Leute von diesem Pfad angezogen, und es entstanden Meditationsgruppen in verschiedenen Teilen der Welt. Aus irgendeinem seltsamen Grund wurden Nordamerika, Norddeutschland, die Schweiz und London die Stellen, wo die meisten Leute, die diesem Pfad folgen, zusammenkamen.[43] Äußerlich treffen wir uns an diesen Orten in Form von Vorträgen, Seminaren oder von wöchentlichen Meditationsgruppen. Innerlich sind wir im Kreis der Liebe gegenwärtig, der zum Sufi-Pfad gehört, dieser geheimnisvollen Zusammenkunft von Seelen auf den inneren Ebenen, wo die wirkliche Arbeit stattfindet. Die Menschen, die diesem Pfad folgen, sind wie eine Familie geworden. Ich kenne ihr Leben, die Freuden und Sorgen ihrer Kinder, die Anforderungen ihrer Arbeit. Ich habe ihre Geschichten gehört und weiß um die Sehnsucht, die immer da gewesen ist.

Erst im Laufe der Jahre wurde mir das Ausmaß der Verantwortung und Verpflichtung bewusst, das mit dieser Seelenarbeit verbunden ist. Viel wird über die Notwendigkeit der Verpflichtung von Seiten des Wanderers gesagt: Ohne Verpflichtung ist kein Fortschritt auf dem Pfad möglich. Weniger hört man von der Tiefe der Verpflichtung von Seiten des Lehrers. Ohne diese vollständige Verpflichtung kann der Schüler leicht zwischen den Welten hängen bleiben; er ist nicht in der Lage, zur früheren Ego-Identität zurückzukehren, doch es fehlt ihm die Energie oder Führung, die er braucht, um in die tiefere Wirklichkeit des SELBST hinüberzuwechseln. Der Lehrer muss Verantwortung für den Schüler übernehmen, ganz gleich, wie stark dessen Begrenzungen, Zweifel oder innerer Widerstand sind. Der Schüler darf zögern, sogar den Pfad verlassen. Schüler haben diese Freiheit. Aber der Lehrer muss dem Potenzial, das der Wanderer für die Reise hat, verpflichtet bleiben und die Wahrheit seines inneren Lichts halten, auch wenn es sich verdunkelt hat. Der Lehrer muss sich nach einem alten Verfahrenskodex richten, der dem Wanderer die beste Möglichkeit bietet, die Reise zu machen, seine Sehnsucht nach Gott zu leben. Nur selten versteht der Schüler, was angeboten wird, oder weiß, welchen Preis der Lehrer dafür bezahlt, damit diese Verbindung der Liebe lebendig bleibt. Erst wenn der Schüler sich unethisch verhält oder sich bewusst entscheidet, nicht länger ein spirituelles Leben zu führen, wird die Verpflichtung des Lehrers aufgehoben und das Band zwischen ihren Herzen gelöst.

Der Wanderer, der vom Pfad der Liebe angezogen worden ist, wird viele Fehler machen und durch das Phänomen der Projektion und der Missverständnisse vielleicht auch wütend auf den Lehrer sein, sich im Stich gelassen und manchmal sogar verraten fühlen. Im Osten wurden diese Gefühle durch die Tradition des *adab* gezügelt, dem korrekten Betragen in der Gegenwart des Lehrers. Doch im Westen fehlt es uns nicht nur an der echten Praxis von *adab*, sondern wir haben eine Kultur, die den Selbstausdruck des Ego fördert und kein Wissen darüber hat, um was es auf dem spirituellen Pfad wirklich geht. Oft muss ich als Lehrer die Wut, die Verbitterung, ja sogar die Feindschaft Einzelner, die mit der Dunkelheit in sich konfrontiert sind, auf mich nehmen. So viele Male hat man mir die Schuld an inneren Problemen oder äußeren Schwierigkeiten gegeben. Für solche Fälle muss man in innerer Distanz geschult sein oder die Gabe des Mitgefühls besitzen, um dem höchsten Potenzial des Schülers treu zu bleiben und nicht zu reagieren – geduldig für Wochen, manchmal sogar Jahre, zu warten, bis sich die Dunkelheit auflöst und das höhere Licht im Schüler durchscheint. Hat man in solchen Zeiten auch nur den Wunsch, der Schüler möge doch vorankommen oder sich ändern, ist dies bereits ein Hindernis. Die Schülerin muss frei sein, Fehler zu machen und ihre Dunkelheit zu erfahren. Manchmal, oft viel später, wird der Schülerin zu Bewusstsein gebracht, wie sie sich verhalten hat. Manchmal wird es nicht einmal erwähnt. Das ist die Tradition.

Vertrauen und Misstrauen

Als Lehrer muss ich dem Licht im Schüler vertrauen und meinem Wissen, dass der Pfad dieses Licht nähren und leiten und dahin bringen wird, wo es hin soll. Dabei bin nicht »ich« es, der weiß, sondern ich habe tiefes Vertrauen in den Pfad selbst, in dieses Sufi-System, das schon seit Jahrhunderten Seelen nach Hause führt. Und ich habe Vertrauen in meinen Shaikh, der mich so geschult hat, dass mein Licht für diese Arbeit benutzt werden kann. Hunderte von Jahren kommen schon Sucher mit ihren Sehnsüchten und Schwierigkeiten zum Pfad, und diese Tradition hat sie angenommen. Im Pfad selbst liegt eine tiefe Weisheit: so viele Seelen, so viele Schwierigkeiten, und doch bleibt der Pfad eine lebendige Kraft. Ich vertraue, dass jedem von uns gegeben wird, was wir brauchen, auch wenn es nicht auf die Weise geschieht, wie wir es wollen oder erwarten. Wirkliches spirituelles Leben ist immer so anders als alle Erwartungen.

In Amerika bin ich jedoch auf eine Problematik gestoßen, für die ich Jahre brauchte, sie zu verstehen, und zwar eine kulturell bedingte Respektlosigkeit gegenüber jeder wahren spirituellen Arbeit und wahren spirituellen Tradition.[44] Diese tief sitzende Respektlosigkeit hat offenbar mit unserem westlichen Verstand und unserer westlichen Psyche zu tun und kann subtil die Arbeit des Pfades unterminieren. Es ist, als gebe es ein großes kulturelles Misstrauen, sich einem spirituellen Pfad hinzugeben. Das ist gut zu verstehen, wenn es auf eine unlängst geschehene Erfahrung mit Sekten oder anderen Formen spirituellen Missbrauchs zurückgeht, aber ich habe das Gefühl, dass die Ursache tiefer liegt. Vielleicht hängt es mit einer frühen puritanischen Prägung zusammen, sich davor schützen zu müssen, religiöse Dogmen auferlegt zu bekommen. Vielleicht kommt es auch nur daher, dass der Westen – in erster Linie Amerika – keine esoterische spirituelle Tradition zu seinem Erbe zählt und deshalb Misstrauen gegenüber etwas hegt, das er nicht versteht und besonders, das nicht mit Geld gekauft werden kann. Oder es liegt vielleicht daran, dass Amerika seine spirituellen Prinzipien für materiellen Wohlstand verkauft hat und dadurch seinen Selbstrespekt verlor. Was immer die Ursache dafür sein mag, diese Respektlosigkeit zieht sich durchs Kollektiv und kann leicht die Haltung des Wanderers vergiften. Diese Erscheinung ist besonders dann zu fühlen, wenn der Wanderer Schwierigkeiten oder scheinbaren Widersprüchen in Bezug auf den Pfad oder den Lehrer begegnet. Es ist so erstaunlich leicht, diese Seelenarbeit zu untergraben.

In anderen Kulturen werden spirituelle Lehrer und spirituelle Pfade auch von denen geachtet, die ihnen nicht folgen. Hier im Westen stehen wir vor den Trümmern einer sterbenden Kultur, die schon lange den Bezug zum Heiligen verloren hat. Unsere kollektive Respektlosigkeit dem Heiligen und seinen Traditionen gegenüber wirft einen Schatten auf unsere individuelle Seele und die Seele der Welt, was unser inneres Licht trübt und es schwieriger macht, eine innere Wahrheit zu erkennen. Wir vertrauen nicht mehr dem, was wirklich ist, und bevorzugen stattdessen eine subtil entstellte Spiritualität, deren Versprechen von Erleuchtung sich genau betrachtet auf das Ego beziehen und nicht auf das SELBST. Wir fühlen uns wohler mit dem, was unecht ist. Und in dieser materialistischen Kultur ist es viel leichter, dem zu vertrauen, was man kaufen und verkaufen kann. Ein wahrer spiritueller Pfad ist nicht käuflich oder verkäuflich, sondern frei wie das Sonnenlicht.

Ich habe gelernt, dass es zu nichts führt, diesen kollektiven Schatten zu konfrontieren, aber es ist wichtig, die Kräfte zu erkennen, die die Arbeit mit der Seele behindern. Misstrauen und Respektlosigkeit sind feine Gifte, die Verzerrungen in der Beziehung zwischen Lehrer und Schüler auslösen. In jedem Fall ist es meine Aufgabe, immer das Licht im Einzelnen zu achten und zu vertrauen, dass dieses Licht und das Licht des Pfades die Seele nach Hause bringen.

Von Herz zu Herz

Die Übertragung der Liebe, dieser Liebe, die der Wanderer für die Reise braucht, geschieht von Herz zu Herz. »Der Schüler kommt durch die Liebe voran. Liebe ist die treibende Kraft, die größte schöpferische Energie. Da der Schüler nicht genügend Liebe in sich hat, um über ausreichende Antriebskraft für seinen Weg zum ZIEL zu verfügen, wird die Liebe verstärkt oder ›erweckt‹, indem man das Herz-Chakra aktiviert.«[45] Der Lehrer aktiviert das Herz der Schülerin und gibt ihr die notwendige Liebe. Das ist die Gnade der Tradition, die Übertragung der Liebe, ohne die der Pfad nicht mehr lebendig wäre. Auf dem Naqshbandi-Pfad gibt es einen Bund zwischen Lehrer und Schüler, *rābita*, der diese Liebesverbindung trägt. Sie kann als eine besondere Süße im Herzen erfahren werden.

Die Übertragung der Liebe geschieht mühelos, und ist der Bund erst geschaffen, von allein. Dazu braucht es nicht einmal die physische Gegenwart, denn sie kann auch auf der inneren Ebene der Seele gegeben werden, wenn der Schüler schläft. Die Verbindung der Liebe besteht jenseits der Begrenzungen von Zeit und Raum. Wird die Liebe gebraucht, fließt sie von

Herz zu Herz. Der Schüler muss gar nicht bewusst merken, was ihm gegeben wird, aber manchmal erwacht er mit einem Gefühl der Süße oder sogar der Seligkeit oder aus einem Traum vom Zusammensein mit dem Lehrer. Auf der inneren Ebene ist der Lehrer immer aufmerksam und sein Herz auf die spirituellen Bedürfnisse des Schülers eingestimmt.

Das Herz des Schülers wird sozusagen im Herzen des Lehrers gehalten. Als mehr und mehr Leute zum Pfad kamen, erlebte ich, wie sich mein spirituelles Herz ausdehnte, um ihre Herzen zu fassen. Sie sind Teil von mir, und je größer ihre spirituelle Sehnsucht, ihr Verlangen nach der WAHRHEIT ist, desto näher fühle ich sie bei meinem spirituellen Zentrum. Sie sind immer mit mir.

In der äußeren Welt besteht die Arbeit des Lehrers darin, dem Schüler zu helfen, der inneren Ausrichtung des Herzens treu zu bleiben. Es mag Führung nötig sein, um das innere oder äußere Leben auf die höhere Bestimmung der Seele auszurichten und auch um mit den Schwierigkeiten zurechtzukommen, die durch die Übertragung der Liebe entstehen. Die Liebe reinigt das Herz und die Psyche und schafft häufig Verwirrung beim Verstand. Es ist nicht leicht, mit der Energie der göttlichen Liebe leben zu lernen, denn sie hat eine Schwingung, die schneller ist als die Dichte unseres niederen Selbst und Alltagsbewusstseins. Transformation durch die Liebe ist ein anstrengender Prozess, der innere Achtsamkeit und Ausdauer erfordert. Wir müssen lernen, wie man sich der Liebe, die geschenkt wird, hingibt und sich nicht dieser höheren Kraft widersetzt. Die Liebe kann auch Gefühle der Verletzlichkeit hervorrufen, sogar auch Wut, wenn sie Muster der Abwehr oder unterdrückten inneren Schmerz auslöst. All diese Gefühle müssen an die Oberfläche kommen und erkannt und angenommen werden. Hier kann der Lehrer dem Schüler helfen zu unterscheiden, was zur Arbeit der inneren Transformation gehört und was eine Ablenkung ist, die sich vermeiden lässt. Es ist so leicht, sich in unnötigen inneren Dramen zu verwickeln, und die Ablenkungsversuche von Verstand und Psyche können endlos sein. Wir alle bringen mit unserer Sehnsucht nach der WAHRHEIT auch unsere Vermeidungsmuster mit.

Auf diesem Pfad arbeiten wir auch mit Träumen. Sie geben uns Führung, helfen uns, die notwendige innere Arbeit zu verstehen, die psychologischen Blockierungen, die uns behindern, die Dunkelheit, mit der wir uns auseinandersetzen und die wir annehmen müssen. Träume können uns auch Bilder vom geheimnisvollen Prozess der inneren Transformation, von der Reise der Liebe durch die Kammern des Herzens übermitteln. Manche Träume sind spirituelle Unterweisungen oder Erfahrungen auf der Ebene der Seele, die ausschließlich von der spirituellen Perspektive her zu betrachten sind. Träume werden oft in der Meditationsgruppe erzählt, wo sie die nötige Deutung erfahren. Dabei kommt es immer auf die Haltung des Träumers an, ob man imstande ist, zuzuhören, offen und empfänglich zu sein für die Bedeutung des Traums und die Energie seiner Bilder. Als Lehrer erhalte ich manchmal direkte Erkenntnis von der Bedeutung eines Traums oder ich schaffe durch Gruppendiskussion die Möglichkeit, dass sie sich zeigt. Auch muss ich aufmerksam für meine eigenen Träume sein und darauf achten, wie sich der Pfad in meiner Psyche enthüllt. Die Reise geht immer weiter.

Der Liebe dunkle Seite

Diese Übertragung der Liebe hat auch eine Schattenseite. Eines Nachmittags forderte meine Lehrerin mich auf, an ihrem Küchentisch Platz zu nehmen, und sie erzählte mir dann eine merkwürdige Geschichte, die mich schockierte. Sie erzählte sie mir drei Mal, damit ich wusste, dass sie für mich bestimmt war. Es war die Geschichte, wie sie jemand zum Folterer machen. Wie jemand gefoltert und gefoltert wird, bis er gebrochen ist, und ihm dann beigebracht wird, wie man andere foltert. Mit dem Wirken der Liebe kann große Grausamkeit einhergehen, und manchmal ist der Lehrer das Werkzeug dieser Grausamkeit.

Die meisten Wanderer werden allmählich einfach durch die in ihnen arbeitende Energie der Liebe nach Hause gebracht, entsprechend der Worte al-Hallājs: »Wenn die WAHRHEIT von einem Herzen Besitz ergriffen hat, leert Sie es von allem außer Ihrer Selbst.« Die Liebe und die Sehnsucht läutern und wandeln uns, machen uns leer von uns selbst. Doch manchmal ist das Ego zu stark, um sich hinzugeben, und dann muss der Schüler gebrochen werden. Das ist eine schreckliche Aufgabe für den Lehrer, denn der Lehrer liebt den Schüler immer: Die Verbindung der Liebe hält ihn oder sie in seinem Herzen. Aber gelegentlich werden Anweisungen tief aus dem Herzen gegeben, und dieses dunkle Werk der Liebe beginnt.

Das ist ein subtiler Prozess, der kaum mit einer Demonstration äußeren Ärgers einhergeht, außer wenn es manchmal erforderlich ist. Wir alle haben besondere Schwächen in uns, Stellen, wo wir verwundbar und ängstlich sind. Genau hier beginnt der Lehrer den Schüler unter Druck zu setzen, für gewöhnlich mit einer Energie kalter Distanziertheit, die herzlos wirken mag. Eine Kritik hier, eine Bemerkung da sind oft alles, was notwendig ist; manchmal wird der Schüler einfach für Monate scheinbar ignoriert. Es gibt viele Wege, einen Menschen zu brechen, damit er diesen Schritt tun kann, und wenn die Liebe zwischen Lehrer und Schüler groß ist, schmerzt es ganz besonders. Meine Lehrerin nannte ihren Shaikh »mein geliebter Henker«, so oft kam er ihr hart, kalt und distanziert vor.

Man muss geschult sein, diese Arbeit zu tun. Sie gehört zu den schmerzhaftesten Dingen, die von einem verlangt werden können. Und sie geschieht mit großer Liebe, einer Liebe, die nicht zulässt, dass irgendetwas auf dem Weg zur WAHRHEIT in die Quere kommt. Man kann diese Arbeit auch nur tun, wenn man sie an sich selbst erfahren hat. Sie ist die dunkle Seite der Liebe und wird so sehr missverstanden. Etwas in den Schülern wird zerstört, herausgerissen, zermalmt. Sie werden gebrochen, ausgeleert.

Dieser Prozess ruft häufig das Gefühl hervor, vom Lehrer verlassen, betrogen worden zu sein. Der Lehrer mag »allen Anschein gegen sich sprechen lassen, wird sich so geben, als sei er voller Fehler und Schwächen.«[46] Der Schüler wird so gezwungen, alle Bilder und Vorstellungen, die er auf den Lehrer projiziert hat, aufzugeben, was Wut, ja sogar Feindseligkeit auslöst. Er ist sich der großen Liebe seitens des Lehrers nicht bewusst, die für diese Arbeit notwendig ist – denn der Mensch muss immer mit Liebe gebrochen werden, sonst könnte das eine schreckliche Narbe in der Psyche und sogar in der Seele hinterlassen. All das gehört zu dieser alten Schulung, einen Menschen mit Liebe zu zerstören und neu zu erschaffen, damit er die größere Dimension der WAHRHEIT fassen kann.

Wäre der Lehrer nicht völlig hingegeben, könnte er diesen Prozess behindern, indem er den Schüler bei der Arbeit unterstützen, es ihm leichter machen will. Dann wäre das Brechen nicht vollständig und der Schmerz vergeudet. Das Messer muss sauber und kalt sein, und wenn auch große Liebe mit dieser Arbeit verbunden ist, hat sie doch zugleich eine unmenschliche Qualität. Trotzdem bin ich nicht getrennt von diesem Prozess. Auch wenn ich all meine Gefühle beiseite schieben muss, tut es weh: Es reißt am Gewebe meines Herzens.

Das Drama der Projektion

Es ist leicht, die Arbeit des Lehrers zu idealisieren, von einem, der durch die Liebe »eigenschaftslos und formlos« gemacht wurde, damit er dieses Werk an anderen vollziehen kann. Als ich zu Füßen meiner Lehrerin saß, war ich voller Ehrfurcht vor dem, was ihr gegeben worden war, vor der Macht der WAHRHEIT, die sie in sich trug. Ja, man hat Zugang zu den Ozeanen der Liebe, und die Gnade der Tradition ist immer gegenwärtig, sonst könnte die Arbeit nicht weitergehen. Aber man bekommt immer nur für andere, nie für sich selbst, und – was selten verstanden wird – man muss als Mensch einen Preis für diese Arbeit bezahlen.

Da ist einfach die Bürde, für die Seelen anderer verantwortlich zu sein und die Tore der Gnade offen zu halten. Eines der ersten Dinge, die mir meine Lehrerin sagte, war, dass niemand von uns unentbehrlich ist und man sich dessen stets bewusst zu sein hat. Trotzdem bedeutet es eine ungeheure Verantwortung, die Energie des Pfades und seine Lehren zu transportieren. Das ist kein neun-bis-fünf-Uhr-Job mit freien

Wochenenden! Es gehört zur Aufgabe des Lehrers, innerlich die ganze Zeit über bei allen Schülern zu sein und die innere Aufmerksamkeit wach zu halten. Auch wenn das eine spirituelle Arbeit ist, die auf der Ebene der Seele stattfindet, nimmt es doch die menschliche Seite sehr in Anspruch, im Fokus so vieler Leben, so viel Strebens zu stehen und die zentrale Figur in so vielen Träumen zu sein. Wieder und wieder müssen Opfer gebracht werden, damit das eigene Leben im Zustand der Hingabe an die Arbeit geführt wird. Ich erkannte das erstmals, als ich über meiner Lehrerin wohnte und den nie abreißenden Strom von Leuten zu ihrer Tür kommen sah. In den letzten zwanzig Jahren habe ich dann selbst erfahren, wie subtil Kräfte zehrend das sein kann. Manchmal bringt es mich bis zur Erschöpfung. So oft rebelliert der Mensch in mir und will allein gelassen werden. Ich habe Bilder von einem kleinen Cottage in Schottland inmitten wilder Moore, von Wind und Regen umpeitscht!

Da ist auch diese merkwürdige Sache mit der Bürde der Projektion. Man trägt nicht nur das Streben der Sucher, sondern auch viele seltsame Projektionen, besonders in einer Kultur, die kein Wissen über diese Tradition hat. Man ist der Brennpunkt vom inneren Leben des Schülers, und alles, was man sagt oder nicht sagt, wird als zutiefst bedeutungsvoll interpretiert. Man lernt, vorsichtig beim Sprechen zu sein, und doch weiß man dabei, dass sowieso das meiste von dem, was man sagt, missverstanden wird. Wie kann die mystische WAHRHEIT vom rationalen Verstand begriffen werden? Der Schüler sieht durch den Schleier des Ego und seinen Konditionierungen. Die Wirklichkeit der Liebe ist so anders.

Der Schüler wünscht sich den Lehrer vollkommen, allwissend und nicht so sehr als jemand, der leer gemacht worden ist. Ich habe herausgefunden, dass manche Leute meinen, ich würde jeden ihrer Gedanken kennen, ihre verborgensten Geheimnisse und ihre Zukunft. Ihnen ist nicht klar, dass ich nichts weiß, außer wenn es nötig ist, dem Schüler zu helfen, einen Schritt zu machen oder eine unnötige Schwierigkeit zu vermeiden. Warum sollte ich mich mit so vielen Gedanken belasten? Ich werde nur benutzt, wenn ich gebraucht werde. Und wird mir manchmal etwas über eine Schülerin, ihre innere oder äußere Situation, gezeigt, darf ich das nicht mit ihr teilen, auch wenn ich denke, es könnte hilfreich sein. Sie muss frei sein, ihren Weg zu gehen, ihre Fehler zu machen.

Es geschieht sehr leicht, sich in den Projektionen anderer zu verfangen und zum Helfer, zum Retter zu werden oder sogar ihrem Bild vom Lehrer zu entsprechen. Wie jeder Therapeut weiß, können die Projektionen einer einzelnen Person sehr stark sein. Die Projektionen einer spirituellen Gruppe sind tausendmal stärker, besonders wenn sie voller Menschen ist, die schon viele Jahre meditieren und deren innere Fokussierung deshalb machtvoller ist. Man muss sehr aufmerksam sein, nicht ihren Erwartungen zu entsprechen, sondern vielmehr diesen Erwartungen, wann immer möglich, den Boden entziehen, wobei man immer seine distanzierte Haltung beibehält. Obwohl die Schülerin frei ist, auf mich zu projizieren, was sie möchte, muss ich immer wieder nichts wollen. Ich darf mich nicht einmal gegen die Projektionen wehren, weil ich sonst auf ihr Drama einsteigen würde.

Manchmal denke ich, obwohl ich die wahre Freiheit der Hingabe erfahren habe, dass diejenigen, die einfach nur den Pfad gehen, in vielerlei Weise freier sind, als ich es bin. Sie sind frei, Fehler zu machen, zu vergessen, die Arbeit des Pfades aus eigenen Beweggründen beiseite zu tun und sogar, von Zeit zu

Zeit, in der Welt verloren zu gehen. Ich bin verpflichtet, immer aufmerksam zu sein, das Licht zu halten, ganz gleich, wie ich mich fühle. Ich kann den Schüler nicht verlassen, auch wenn der Schüler frei ist, den Pfad zu verlassen oder sogar zu verraten.

Doch zur gleichen Zeit wird mir auch jene so große Freude zuteil, zu beobachten und zu erleben, wie ein Mensch zum Göttlichen erwacht und die Reise heimwärts macht. Höre ich Träume oder Erfahrungen, die diese uralte Reise widerspiegeln, bin ich zutiefst berührt, zu diesem Prozess zu gehören, Zeuge oder Mitwirkender in diesen Geschichten von göttlicher Liebe zu sein. Jeder Mensch ist so überaus kostbar, aber eine Person, die von der Zärtlichkeit oder dem Feuer der wahren Liebe berührt wurde, hat eine besondere Süße. Oft sind es jene, von denen man es am wenigsten erwartet, die ernsthafte Schritte auf dem Pfad machen, die in Zuständen tiefer Meditation verloren gehen oder die Gegenwart göttlicher Einheit erfahren. Und zu wissen, dass man eine kleine Rolle in diesem Erwachen gespielt hat, wenn auch nur als Zeuge, ist äußerst erfüllend. Ich weiß, das ist alles auf die Gnade meines Shaikhs und die Energie des Pfades zurückzuführen, aber etwas in mir ist gegenwärtig, wenn sich eine Seele Gott zuwendet oder jenes Licht im Herzen angezündet wird. Nichts wünscht man sich mehr für einen anderen, als dass er oder sie die WAHRHEIT erfährt, die allem zugrunde liegt.

Und manchmal bekommt man das Privileg, einen Schüler auf den physischen Tod vorzubereiten, auf jene letzte Reise. Dann kann man fast sichtbar verfolgen, wie die Gnade wirkt, wie der Person die Erfahrungen gegeben werden, die sie braucht, um dieses Leben zu vollenden und wie sie frei wird von allen inneren und äußeren Bindungen, die ihre Reise jenseits dieser Welt behindern könnten. Eine Freundin durfte noch das Leben ganz unmittelbar erfahren, was ihr vorher nie möglich gewesen war. Ihr Krebsleiden erfuhr unerwartet für zwei Jahre eine Remission, und als sie an den Stränden nahe ihres Hauses spazieren ging oder die Sonnenuntergänge beobachtete, war sie endlich in der Lage, im Leben auf eine einfache und reine Weise gegenwärtig zu sein, ohne all die Dramen des Ego, die ihr Leben dominiert hatten. Das Leben und seine Freude waren in ihrer Essenz präsent. Eine andere Freundin konnte in einem Zustand unendlicher Süße und Zärtlichkeit gehen, und eine Präsenz war in ihrem Zimmer, die diesen Duft der Liebe trug. Ihre Augen hatten schon die andere Seite gesehen, bevor sie starb. Meist ist es die Arbeit des Lehrers, dem Schüler zu helfen »zu sterben, bevor man stirbt«, vom Ego mit all seinen Mustern der Anhaftungen frei zu werden, während man noch in dieser Welt ist. Aber manchmal kann man bei diesem endgültigeren Übergang Hilfe leisten, indem sich die Lebensreise durch die Liebe erfüllt.

Burnout

Ich könnte nichts von dieser Arbeit ohne die ständige innere Hilfe meines Shaikhs tun. Wie könnte ich die Bürde des Strebens eines Schülers allein tragen ohne wirkliche Unterstützung? Am Anfang war mein Shaikh in meinen Meditationen immer gegenwärtig, gab mir Rat und beantwortete meine Fragen. Er zeigte mir auch, wenn ich einen Fehler gemacht hatte, und half mir, ihn zu korrigieren. Aber über die Jahre hat er mich immer mehr allein gelassen, außer es gibt eine dringende Notwendigkeit, bei der ich keine Antwort weiß. Ich musste lernen, auf eigenen Füßen im Treibsand dieser Welt zu stehen und muss, auch wenn ich weiß, dass seine Energie gegenwärtig ist, meine eigenen Entscheidungen treffen. Ich vertraue auf sein Vertrauen in mich, aber manchmal ist das ein sehr einsames, am Herzen zerrendes Geschäft. Mir ist viel äußere Hilfe gegeben worden, besonders von meiner Frau, deren weibliche Weisheit und Wissen und tiefe Verbindung zum Pfad unschätzbare Unterstützung darstellen. Und doch werde ich zugleich immer mehr meinem Menschsein und meinen Unzulänglichkeiten ausgesetzt. Ich strebe nicht länger nach irgendetwas, nicht einmal danach, ein besserer Lehrer zu sein. Die Arbeit scheint alles aus mir herausgewaschen zu haben.

Zum Teil kam dieser innere Zustand als Folge von etwas, das ich nur als spirituellen Burnout bezeichnen kann, der vor einigen Jahren begann, nachdem ich diese Arbeit über fünfzehn Jahre gemacht hatte. Fünfzehn Jahre hatte ich mich vorangetrieben, hatte Vorträge gehalten und war fast ständig mit Leuten zusammen gewesen, denn allmählich, über die Jahre, waren mehr und mehr Menschen mit ihrer Mischung aus spirituellem Verlangen und menschlichen Dramen gekommen. In dieser Zeit entdeckte ich, dass ich Leuten ein gewisses Licht geben konnte, das sie unterstützte, ihnen half, sich von inneren Blockaden zu befreien und sie auf ihr höheres Selbst und ihre wahre Bestimmung ausrichtete. Nachdem ich mit einer Person auf diese Weise Zeit verbracht hatte, war das Licht aus mir herausgeflossen, aber in der Meditation wurde es dann wieder aufgefüllt. Obwohl ich oft müde war, gab es immer genug Licht.

Meist schienen es Schwierigkeiten des alltäglichen Lebens zu sein, die im Bewusstsein der Leute vorherrschend waren und auf die ich zu antworten gedrängt wurde – Probleme mit der Arbeit oder der Beziehung. Selten kamen echte Fragen über die innere Beziehung zu Gott. Gleichzeitig zog mich meine eigene Reise immer weiter in die Leere, in die Formlosigkeit jenseits der Schöpfung. Wie sollte ich Leuten mit ihren Problemen in dieser Welt helfen, wenn meine innere Aufmerksamkeit doch woanders hingewandt wurde – in eine Dimension weit entfernt vom Ego und seinen Angelegenheiten? Ich fühlte mich unzulänglich, ungeeignet, auf ihre Fragen zu antworten, ihre Probleme zu verstehen, die, auch wenn sie real und bedrängend für sie waren, mir doch unwesentlich erschienen.

Es wurde für mich schwieriger, anstrengender, das Licht ihrer spirituellen Bestrebungen inmitten dieser Ansprüche zu halten. Ich weiß nicht, ob spirituelle Arbeit immer so gewesen ist oder ob die kollektive Dunkelheit und das kollektive Vergessen im Westen sie erschweren – ob das individuelle Licht jetzt leichter von der kollektiven Dunkelheit eingefangen wird, einer Dunkelheit, die auch eine Zwanghaftigkeit, sich mit dem Ego-Selbst und seinen endlosen Problemen zu beschäftigen, mit sich bringt. Ich begann mich immer ausgelaugter zu fühlen. Ich versuchte zu erklären, dass ich nur mit dem spirituellen Selbst der Leute arbeiten könnte und nicht mit ihren psychologischen Dramen. Ich hörte sogar für eine Weile auf, Träume zu interpretieren. Doch ich erkannte, dass es nahezu unmöglich ist, Persönliches und Spirituelles zu trennen, dass der individuelle Pfad durch unser menschliches Drama mit seinen augenscheinlichen Schwierigkeiten gelebt wird. Ich musste das akzeptieren und mit den Leuten arbeiten, wie sie waren. Doch ich fühlte, wie mein Licht und meine Lebenskraft immer stärker aufgezehrt wurden und sich nicht mehr so leicht auffüllen ließen, bis ich schließlich kaum noch etwas zu geben hatte.

Die Energie des Pfades kam weiterhin durch mich hindurch, aber ich hatte auch herausgefunden, dass sie oft ein menschliches Gefäß brauchte, da sie von sich aus zu unmenschlich, zu distanziert ist, um von den Leuten ohne weiteres innerlich verarbeitet werden zu können. Sie brauchte das Gefäß meines eigenen Menschseins, doch gerade das wurde immer erschöpfter. Hinzu kam die Schwierigkeit, in den USA nach dem Einmarsch in den Irak zu arbeiten, hatte diese Invasion doch eine kollektive Dunkelheit konstelliert. Wie viele Leute wissen, gab es nach dem 11. September eine Periode der Gnade, als die Gebete von Millionen von Menschen überall auf der Welt auf die Vereinigten Staaten gerichtet waren. Doch diese Gnade hielt nicht an, und der Einmarsch in den Irak löste eine Wolke von Dunkelheit aus, die auch die spirituelle Sonne beinahe verfinsterte. Spirituelle Arbeit in den USA wurde über die Jahre immer schwieriger und anstrengender, da die Einzelnen sich nicht nur mit ihrer persönlichen Dunkelheit konfrontiert sahen, sondern auch mit dem kollektiven Schatten.[47] Das Licht in solcher Zeit zu halten, erschöpfte fast alle meine Reserven, bis ich nicht mehr weitermachen konnte. Ich war »ausgebrannt« und über ein Jahr physisch krank.

Diese Zeit ging vorbei und meine physische Gesundheit kehrte zurück. Jener Schatten über den Vereinigten Staaten löste sich allmählich auf. Aber etwas hatte sich verändert. Das Licht ist anders geworden. Ein Funke, der gegenwärtig gewesen war, als ich das erste Mal nach Amerika kam, ist nicht mehr da. Und ich weiß, dass ich nie wieder in der Lage sein werde, mit den Leuten auf dieselbe Weise zu arbeiten wie zuvor. Ich kann es mir nicht länger erlauben, ihnen mein eigenes spirituelles Licht zu geben, um ihnen auf ihrer Reise zu helfen. Ich habe genug Licht, um auf die Energie des Pfades ausgerichtet zu bleiben und sicher zu stellen, dass seine Gnade da, wo sie nötig ist, gegeben wird. Aber jene Jahre der Dunkelheit haben ein bestimmtes Licht aus meinem Innersten mit sich genommen, das nicht mehr zurückgebracht worden ist. Das hat mich lange Zeit bestürzt. Ich vermute, das bedeutet, dass dieses Licht nicht gebraucht wird, dass ich den Leuten nicht mehr auf dieselbe Weise helfen muss. Jeder von uns muss auf seinen eigenen Füßen stehen, sein eigenes Licht leben. Oft fallen mir Buddhas Worte zu Ananda, seinem engsten Schüler, ein, bevor er starb:

»Deshalb, o Ananda,
Nimm dich selbst als Licht,
Nimm dich selbst als Zuflucht,
Suche nie in irgendjemand anderem Zuflucht,
Und arbeite eifrig an deiner Erlösung.«

Wir alle sind Teil von dem Einen Licht. Lehrer, Schüler und Pfad sind lediglich verschiedene Widerspiegelungen desselben einen in die Welt kommenden Lichts. Und wenn sich die Achse der Liebe in der Welt verlagert, verändert sich auch das Licht in der Welt. Der Sufismus hat sich immer den veränderten Erfordernissen der Zeit angepasst, und jetzt müssen wir uns subtil in der Weise, wie wir arbeiten, anpassen, in der Art, wie wir im Licht der Welt präsent sind.

Als ich das erste Mal nach Amerika geschickt wurde, um zu lehren, kam ich mit einer Unschuld und einem Enthusiasmus, die ich nicht länger habe. Ich musste reifen und tiefer verstehen, was es heißt, Menschen auf ihrer Reise der Seele zu führen. Ich habe die Schwierigkeiten und Anforderungen dieser Arbeit klarer erkannt, wie auch die tiefe Freude erfahren, dabei zu sein, wenn die Liebe erwacht und das Herz und das Leben eines Menschen verwandelt. Aber ich habe auch erkannt, dass unsere individuelle Reise Teil einer größeren Reise ist, nämlich der Evolution des Ganzen. Nichts ist getrennt. Und ich habe gesehen, dass sich Veränderungen in dem größeren Bild vollziehen, die sich auf die Weise, wie wir unsere Sehnsucht leben, auswirken. Der Pfad wird immer weiter bestehen, manchmal verborgener, manchmal sichtbarer. Und die Beziehung von Lehrer und Schüler wird ebenfalls weiter bestehen – die geheimnisvolle Übertragung der Liebe von Herz zu Herz. Und doch hat sich etwas verändert, das viel zu weitreichend ist, um es in diesem Augenblick völlig zu verstehen. Ein bestimmtes Licht ist zurückgenommen worden, und ein bestimmtes Licht wartet darauf, gegeben zu werden. Die Seele des Suchers und die Seele der Welt werden gerade enger zusammengebracht: Eine globale Einheit kommt näher zu unserem Bewusstsein.[48] Ich bin gespannt zu sehen, wie dieses Licht arbeiten wird, im Individuum wie auch im Ganzen. Und ich versuche auf die Ströme der Liebe eingestimmt zu bleiben, wenn sie in die Welt kommen. Zugleich ist etwas in mir fortgespült worden: Ein Gefühl, was es bedeutet, Lehrer zu sein, ist nicht mehr da. Vielleicht wird ein neues Verständnis entstehen, oder vielleicht ist das Teil der immer tiefer werdenden Leere, die zu dieser Arbeit gehört.

5

Wer macht die Reise?

Als ich über die Widersprüche meiner inneren Erfahrungen und das Drama und die Schwierigkeiten, ein Lehrer zu sein, nachsann, fand ich in den Geschichten und Schriften der Sufi-Tradition Andeutungen und Hinweise, die sich mit dem zentralen Paradox des mystischen Pfades auseinandersetzen – dass nichts als Gott existiert und es nichts gibt, wo man ankommen kann, und dass es doch eine Reise zu geben scheint und ein »Ich«, das sie unternehmen muss. Mich hat besonders die Beschreibung der Suche angezogen, wie sie von Farīd al-Dīn 'Attār *in den* Vogelgesprächen *dargestellt wird, die den Leser durch die sieben Täler der Reise des Herzens führt und ihn am Ende zu dem Tal der Armut und des Nichts, dem »Nichts der Liebe« bringt. Wer macht die Reise? Bleibt in diesem Nichts irgendetwas übrig?*

ER hatte nur eine Absicht im Hervorbringen
der Existenz beider Welten.
Sich Selbst im Spiegel der Seele zu sehen und dann
der Liebende Seiner Selbst zu werden,
der ohne Makel ist.

‘Ayn’l-Qudāt Hamadhānī[49]

Auf der menschlichen Bühne dreht sich das spirituelle Leben um das Drama von »Ich« und »DU«, um die Beziehung des Ego zum SELBST, um die Beziehung des Suchers zu Gott. Die Praktiken und die Ethik auf dem Pfad helfen uns bei dem Prozess der Läuterung, so dass wir unsere wahre Natur klarer erkennen und unmittelbaren Zugang zu unserem Höheren Selbst bekommen können. Allmählich wird unser Bewusstsein stärker auf das göttliche Licht in uns ausgerichtet, und dieses Licht fließt direkter in unser Leben. Wir erleben den langsamen und schmerzvollen Übergang von einem ausschließlich vom Ego bestimmten Leben, mit seinen Sehnsüchten und unbewussten Mustern, zu einem Leben unter dem Schutz und der Führung unserer göttlichen Natur, unseres SELBST. Auf den meisten Pfaden bedeutet dies lebenslange Arbeit und erfordert Verpflichtung und Ausdauer wie auch Gnade, die geschenkt wird. Auch wenn es oft so aussieht, als würden all unsere Anstrengungen wenig bewirken, weil uns das Ego und die Muster unserer Psyche fortwährend zu dominieren scheinen, verändert sich im Wanderer trotzdem etwas – Blei wird zu Gold verwandelt. Dieses innere alchemistische *Opus* ist die lohnendste Arbeit, die wir tun können. Es ist das Werk der Seele in dieser Welt, die Suche nach der Perle von unschätzbarem Wert, die wir in uns selbst entdecken.

Doch dies ist nur eine Facette dessen, was wir spirituelles Leben nennen. Es ist in der Hauptsache die Arbeit der inneren Transformation, wie sie sich aus der Perspektive des Ich darstellt, aus der Sicht dessen, der die Reise unternimmt. In 'Attārs Parabel der Sinnsuche: *Vogelgespräche* brechen viele verschiedene Vögel zu dieser Reise auf und gehen durch vielfältige Prüfungen und Widrigkeiten. Am Ende entdecken die dreißig Vögel, die übrig bleiben, den Glanz »ihrer eigenen einzigartigen Wirklichkeit«. Das ist die Erkenntnis des eigenen wahren SELBST:

»Musstet ihr mühevoll den Weg auch gehen,
Ihr seht euch selbst und was ihr wirklich seid.«[50]

Doch dann enthüllt »ihr Herr« das tiefere Geheimnis der Reise:

»Wie sehr ihr dachtet, ihr wüsstet und saht,
So wisst ihr doch jetzt:
Unwahr ist, was allem ihr vertraut.
Auch wenn ihr habt durchquert der Täler Tiefen
und gekämpft
Mit den Gefahren allen, welch' die Reise mit sich brachte,
Die Reise war in Mir, die Taten waren Mein –
Ihr schlieft sicher in der Essenz' allerinnersten Schrein.«[51]

Es gehört zu den schockierendsten spirituellen Geheimnissen, dass die Reise selbst nur eine weitere Illusion ist. Am Beginn, wenn das Herz erweckt worden ist, fasst der Wanderer den Entschluss, sich von der Welt der Illusionen abzuwenden, um die Wirklichkeit, die sich im Inneren finden lässt, zu suchen. Das Wenden des Herzens ist ein Abwenden von den Illusionen hin zur WAHRHEIT, und der Wanderer zahlt den Preis für diese Reise, indem er viele Anhaftungen und falsche Identitäten, die zum Leben des Ego zählen, aufgibt. Der Wanderer muss dem Pfad, der zu gehen ist, und der Führung, die dabei gegeben wird, vertrauen. Doch schließlich erwacht er zu der tieferen Wahrheit, dass sogar die Reise selbst eine Illusion ist, dass die »Gefahren« und Schwierigkeiten, denen er begegnete, nicht wirklich waren. Der Preis, der mit all dem Schmerz bezahlt werden musste, war so unwirklich wie die zurückgelassenen Illusionen. Was ist dann wirklich?

»Die Reise war in Mir, die Taten waren Mein.« Die größte Entdeckungsreise, die Reise in die Dunkelheit in einem selbst und weiter in das Licht des eigenen Wahren Wesens war Gottes Reise in Ihm Selbst. Sogar unsere finstersten Augenblicke der Verzweiflung, die Tiefe unserer Sehnsucht, die Ödnis der Einsamkeit waren nur ein weiterer Traum: »Ihr schlieft sicher in der Essenz' allerinnersten Schrein.« Diese einfache Wahrheit ist so elementar, dass es uns eigentlich nicht anders als überwältigen kann. Es ging nie um uns.

Setzen wir unseren Fuß auf den Pfad, wird uns gesagt, wir müssten uns selbst zurücklassen. Mit den Worten Bāyezīd Bistāmīs: »Ich sah meinen Herrn in meinen Träumen und fragte ihn: ›Wie kann ich Dich finden?‹ Er erwiderte: ›Verlass dich und komm!‹« Das sieht wie eine einfache Beschreibung der Aufgabe des Ego aus, und so stellt sich die Reise auch dar. Im Sufismus ist das der Prozess von *fanā*, der Auslöschung des Ego, der zur Arena des Herzens gehört, wo wir, wie die Gladiatoren von einst, unseren Herrscher mit den Worten grüßen: »*Morituri te salutant*« (die Todgeweihten grüßen Dich). Wenn unser Ego in der Süße der Liebe aufgelöst oder mit der Liebe Schwert durchbohrt wird, erahnen wir, dass etwas Wunderbares auf uns wartet. Wir träumen von einer Morgenröte, die anbricht, haben Visionen von einem Licht, das so strahlend ist, dass es keine Schatten wirft. Und wir wissen, dass dieses Opfer unseres Ego, unseres »Ich« unsere größte Darbringung ist, die vollständigste Hingabe unserer selbst. Wir wagen es nicht, uns vorzustellen, dass dieser derart schmerzvolle Prozess, dieses »Sterben, bevor man stirbt«, auch ein Traum ist, dass alles, was zum Ich gehört, sogar sein »Tod«, eine Illusion ist.

Wenn die Reise nur ein Traum ist, wer oder was erwacht dann schließlich? Werden wir dieses Geheimnis je entschlüsseln, je verstehen? 'Attār schreibt:

»Kein Fremder folgte ihnen oder konnt' enthüllen
Die Geheimnisse, die einander sie erzählten –
Zuletzt allein, berieten sie sich miteinander;
Blind sahen sie sich selbst und taub sie hörten –
Aber wer kann darüber sprechen? Ich weiß, würd' ich
Mein Wissen verraten, stürb' ich sicherlich.«[52]

'Attār deutet hier das der Schöpfung zugrunde liegende Geheimnis an, die Ur-Einheit des Göttlichen, das Einssein, das der Kern jeder mystischen Erfahrung ist. Die größte Illusion ist nicht bloß, dass wir als getrenntes, individuelles Selbst, als »Ich« leben oder auch dass wir von Gott getrennt sind, sondern dass es etwas geben könnte, das nicht Gott ist. Wenn etwas im Mystiker zu diesem Wissen erwacht, beginnen wir an der Selbst-Offenbarung Gottes mitzuwirken – aus der Erscheinung der Dualität und Vielfalt schält sich das Erwachen zur göttlichen Einheit heraus. Aber es ist niemals der Sucher, der zur Einheit erwacht – das wäre nur eine weitere Illusion.

Es ist Gottes Erwachen, wenn Gott die Einheit und Vielfalt der göttlichen Schöpfung durch das Auge unseres Herzens sieht.

Einheit und Vielfalt

Jedes Atom der Schöpfung ist eine direkte Manifestation und Kundgebung göttlicher Einheit. In der Vielfalt der Schöpfung gibt es nur die göttliche Einheit, die sich auf verschiedene Weise offenbart, wobei jede Manifestation ein anderer, einzigartiger Ausdruck des Göttlichen ist. So sagt Shāh Ne'matollāh:

> »Wie wundervoll, dass eine einzige Essenz
> Sich selbst gleich Licht bricht,
> Eine einzige Quelle
> In Millionen Wesen und Nuancen.«[53]

Und wir sind Teil dieser Offenbarung. Unser individuelles Bewusstsein ist ein einzigartiger Ausdruck des göttlichen Bewusstseins. Die Einzigartigkeit unserer Existenz ist ein Spiegel der einzigartigen Existenz Gottes. Das ist das Geheimnis, das wir in uns tragen und dessen sich unser Herz bewusst werden kann. In diesem Erkennen fordern wir unser fundamentales Erbe als Menschen ein. Wir sind lebendig durch das Geheimnis im Allerinnersten der Schöpfung, welches das Licht von Millionen von Sonnen ist.

Was wir als »Reise heimwärts« bezeichnen, ist eine Reise, auf der das göttliche Geheimnis hier in dieser Welt ins Bewusstsein gebracht wird. Gott bestätigt die göttliche Einheit in der Welt der scheinbaren Vielfalt. Inmitten dieses Traums erwacht das Licht der WAHRHEIT. Das ist das Mysterium, an dem wir Anteil haben, das Geheimnis, für das wir unser Leben hingaben.

Aber was ist das für eine Welt, zu der wir erwachen? Wenn all das, was wir erkennen, eine Welt der Illusion ist, was ist dann die Welt der WAHRHEIT? Gewahrsein des Göttlichen in dieser Welt ist sehr einfach – ist unmittelbare Erfahrung. Schmecken wir die Erdbeere, sehen wir den Obdachlosen auf der Straße, hören wir das Weinen eines Kindes, ohne dass sich ein Gedanke darüber, ein einordnendes Erkennen dazwischen schiebt, sind wir für einen Augenblick in der Welt der WAHRHEIT. Das ist der Moment von *Satori* im Zen, wenn wir die Dualität des Denkens überschreiten und in die ewige Gegenwart gehen, in den Augenblick, der *ist*. Da gibt es kein »Ich« mehr, das sich einschaltet, das uns die Welt, wie sie wirklich ist, verschleiert, und für kurze Zeit sind wir aufgewacht. Dabei finden wir uns auch in einer Welt wieder, die wach ist. Und diese Welt ist so anders als die von unserem Verstand und seinen vielen Vorstellungen und von unserer Psyche und unseren Vorurteilen erschaffene Welt.

Die Bilder, die wir in diesem Augenblick wahrnehmen, haben vielleicht den Anschein, dieselben zu sein wie in unserem ich-bestimmten Dasein, doch sie sind ganz anders. Dieselbe Erdbeere ist süß, dasselbe Kind weint, aber in dem Moment dessen, was wirklich ist, erhält das so Alltägliche eine außergewöhnliche Intensität und Klarheit. Der Moment ist völlig lebendig, und wir sind kein Beobachter mehr, sondern ein aktiver Mitbeteiligter, gegenwärtig in einem dynamischen Augenblick, der einzigartig und nicht wiederholbar ist. In diesem Augenblick ist die Welt neu erschaffen, und wir gehören zu dieser Schöpfung. Wir sind im Garten der Schöpfung, nackt und in der ursprünglichen Einfachheit dessen, was ist.

Das birgt das Mysterium dessen, was die Sufis das Geheimnis des Wortes »*Kun*!« (»Sei!«) nennen.

Dieser Augenblick gehört zu dem wahren Wunder, lebendig zu sein, ist wie der runde Sonnenball, der durch den frühen Morgennebel bricht. Etwas wird zum ersten Mal lebendig in dem Moment, wenn das Göttliche Sich enthüllt. Wir erwachen zu dem Morgen, der immer gegenwärtig ist, auch wenn er kaum bemerkt, nur selten erkannt wird. Das Leben nimmt weiter seinen geschäftigen Lauf, unser Verstand kehrt mit seinen Gedanken zurück, aber für einen Augenblick waren wir mit dem Sonnenlicht auf der Straße, mit der Freude einer aufsprudelnden Quelle, die aus dem Boden bricht.

Und manchmal wird in solch einem Moment vielleicht etwas anderes kurz sichtbar: das Licht, das Gott angehört. Alles, jedes Partikel in der Schöpfung, ist von göttlichem Licht erfüllt und umgeben. Wir sehen es nicht, weil unsere eigene Dunkelheit und unser Vergessen es uns verhüllen, aber es ist das Licht der Schöpfung, die sich ihres Schöpfers erinnert, oder das Licht des Selbstausdrucks des Schöpfers – der Pinselstrich des Großen Künstlers. Dieses Licht birgt die Alchemie der Schöpfung: Es ist der in dieser Welt lebendige *Spiritus Mercurius*. Es ist das der Materie innewohnende Mysterium der Wiedergeburt, bei der die Materie den Liebesbund zwischen dem Schöpfer und der Schöpfung feiert. Es ist Materie, lebendig mit der Gegenwart des Göttlichen. Und manchmal wird uns gestattet, dieses Geheimnis zu erkennen, dieses tanzende Licht zu sehen. Wir können nicht sagen, es ist wie dieses oder jenes, denn es ist ohne Vergleich. Unser Verstand kann es nicht begreifen, auch wenn unser Herz weiß, dass es in der Gegenwart von etwas so Wunderbarem ist. Haben wir das einmal gesehen, können wir die wahre Natur der Materie nie mehr vergessen. Wir können dann nicht mehr meinen, Materie sei nicht lebendig.

Vielleicht wird dieses Licht die Menschheit eines Tages bei der Hand nehmen und sie von der Welt der Illusion zur WAHRHEIT führen, die überall um uns ist. Vielleicht wird es uns erinnern, dass wir nie den Garten Eden verlassen haben – es nur unser Verstand und unser Ego waren, die uns daraus verbannt haben. Wir werden dann unmittelbar erkennen, dass alles in der Schöpfung sowohl Blei wie auch Gold ist. Bis dahin hilft es uns dabei, uns der Welt zu erinnern, die Gott angehört.

Die göttliche Geschichte

Das ist nur ein Teil der Geschichte. Wir sind so daran gewöhnt, uns mit unserer eigenen Geschichte, unserer Reise, zu identifizieren, dass wir leicht darüber vergessen, dass die ganze Welt ein unaufhörliches Erzählen von Gottes Geschichte ist. In dem Licht, das zur Wirklichkeit Gottes gehört, können wir anfangen, diese Geschichte zu erkennen, die das wahre Buch des Lebens ist – göttliches Leben, Gottes Geschichte:

> »Wenn dein Herz die WIRKLICHKEIT erkennt,
> Ist jedes Atom der Schöpfung ein Fenster Seines Hauses.«[54]

Und wir gehören in dieses Haus und sind auf für uns unvorstellbare Weise Teil dieser Geschichte. Wir mögen uns unser eigenes Leben ausmalen, aber wir haben kaum Bilder, uns Gottes Leben zu veranschaulichen und wie unser Leben zum Leben des Göttlichen gehört.

Unserem Leben liegt das Geheimnis der göttlichen Einheit zugrunde und findet in der geheimnisvollen Beziehung zwischen unserem individuellen Bewusstsein und dem Göttlichen seinen Ausdruck. Im Mittelpunkt des Daseins eines jeden von uns ist das Gefühl unserer Individualität – wir leben unser Leben. Die westliche Zivilisation zelebriert Individualität, hat uns die Rechte auf Persönlichkeit gegeben und uns sogar ermutigt, unseren eigenen Traum zu verwirklichen. Oberflächlich betrachtet kann diese Konzentration auf unser individuelles Selbst der Ausdruck einer ich-besessenen Gesellschaft sein, die die Einheit allen Lebens leugnet. Auf tiefster, heiligster Ebene ist der Ausdruck individuellen Bewusstseins jedoch eine Manifestation der Einzigartigkeit des Göttlichen. Wir alle haben das Potenzial, Gottes Einzigartigkeit zu leben und zu feiern. »ER wiederholt sich in derselben Form kein zweites Mal.« Jede Schneeflocke ist einmalig, jedes Blatt anders, und über unser individuelles Bewusstsein kann das Göttliche eine einzigartige Erfahrung Seiner Welt bekommen.

Vom Weltraum aus sehen wir die Welt als ein Ganzes, aber durch das Bewusstsein des Einzelnen kann das Göttliche Millionen einzigartiger Erfahrungen Seiner Welt machen. Gott ist immer eins, feiert diese Einheit jedoch in der Vielfalt der Schöpfung, der Menge der einzigartigen Erfahrungen des Lebens – »Du zeigst Dein Antlitz jeden Augenblick in tausendfachen Spiegeln, in jedem Spiegel zeigst Du Dein Antlitz auf verschiedene Weise.«[55] Wenn wir uns erinnern, dass es Gottes Leben ist, was wir erfahren, wird es uns möglich, bewusst an dieser göttlichen Offenbarung mitzuwirken. Wir können dann gegenwärtig sein und den Moment feiern, der ist.

Wer aber ist dieses »Ich«, das die Erfahrung macht? Und was ist seine Beziehung zum Göttlichen, das alles umfasst? Am tiefsten Ort im Herzen gibt es kein »Ich«, nur ein Verschmelzen, in dem sich alles in der Unermesslichkeit des Göttlichen verliert. Da ist das blendende Licht, das Gott eigen und die Quelle von allem Existierenden ist. Und das Licht unseres Bewusstseins, das kostbare Licht, das uns unser Dasein schenkt, ist nicht getrennt von Gottes Licht in all seiner Intensität. Es mag verschleiert sein »mit siebzigtausend Schleiern aus Licht, und siebzigtausend Schleiern aus Dunkelheit«, trotzdem ist es ein und dasselbe Licht. Das menschliche Bewusstsein hat die Fähigkeit, ein Mikrokosmos eines weitaus größeren Bewusstseins zu sein. Das ist das einzigartige Potenzial des Menschen im gesamten Spektrum der Existenz: »Wir sind im Bilde Gottes geschaffen.«

Am Beginn der spirituellen Reise kennen wir unsere eigene Existenz; wir haben ein Ich-Gefühl – auch wenn wir später entdecken, dass es nichts weiter als ein illusionäres Gebilde ist, eine Persona, eine Ego-Identität. Doch hat uns die Reise erst völlig eingefordert, wissen wir nur, dass wir jegliches Gefühl für uns selbst verloren haben, wir sind verbrannt wie der Falter in der Flamme. Was übrig bleibt, kann nur Gott sein.

> »Verlierst du dich
> Auf diesem Pfad,
> Wirst du die Gewissheit haben:
> ER ist du, und du bist ER.«[56]

Das ist das Geheimnis, um dessentwillen viele Mystiker getötet, unter der Anklage der Häresie geopfert wurden. Dabei ist das die primäre Wahrheit, die dem menschlichen Bewusstsein zugrunde liegt. Unser Licht ist Gottes Licht, denn wie kann es zwei geben? Der Mystiker erkennt sogar, dass die Schleier, die

die Illusion der Trennung schaffen, Gottes Schleier sind. Mit den Worten Ibn 'Arabīs: »Wir sind vor Dir nur durch Dich verschleiert, und Du bist vor uns durch Deine Manifestation verschleiert.«[57]

Am Anfang unserer Reise sehen wir eine illusionäre Welt mit den Augen eines illusionären »Ich«. Doch sobald wir in das Mysterium des Herzens hineingezogen werden, erwacht etwas in uns, das fähig ist, eine Welt der WAHRHEIT zu erkennen und zu erfahren. Was erwacht, ist göttliches Bewusstsein, das allein sehen kann, was WIRKLICH ist. Durch das Herz des Liebenden inkarniert der Geliebte in Seine Welt und erfährt die Liebesgeschichte der Schöpfung, die allein Gott angehört. Das ist alles Gottes geheimnisvolles Lüften der göttlichen Schleier – Gott, der durch einen Menschen die göttliche Einheit erfährt. Das zählt zur Essenz des Pfades – diese Reise von unserer Existenz zu Gottes Existenz.

Und doch gibt es keine Reise und keinen Wanderer, denn nur Gott existiert. Alles andere ist ein Traum. Die Reise, der Wanderer, der Prozess der Transformation – das ist alles ein Traum. Und wenn etwas von uns aus diesem Traum erwacht, ist da nur Lachen, auch wenn wir so viele Tränen auf dem Weg geweint haben. Mit diesem Lachen geht ein tiefes Verstehen einher, ein Erkennen, das auf eine göttliche Absicht hinweist: auf das, was Gott in das Buch schreibt, das wir die Welt nennen.

6

Eine menschliche Geschichte in einem göttlichen Drama

Das nächste Kapitel, in etwa übernommen aus der zweiten Auflage meiner spirituellen Autobiographie Das verborgene Gesicht der Liebe, *untersucht aus meiner persönlichen Perspektive, inwieweit sich die ganze Vorstellung einer spirituellen Reise für mich in den vierzig Jahren, seit ich den Pfad betreten habe, verändert hat. So viele Erwartungen sind zurückgelassen worden, verloren gegangen, und oft frage ich mich, was wirklich übrig geblieben ist. Es gibt da eine Reise, und doch empfinde ich, dass es nie meine Reise gewesen ist: Etwas viel Dauerhafteres hat sich herausgeschält, als dass es mir gehören könnte. Das mystische Leben ist eher ein Prozess des Verlierens als des Findens, und trotzdem wird über dieses Verlieren etwas offenbart. Auch merke ich, dass, wie viel sich in mir auch verändert hat, wie viel aufgegeben, wie viel aufgelöst worden ist, eine einfache menschliche Qualität geblieben ist.*

Über zehn Jahre sind vergangen, seit ich meine spirituelle Autobiographie *Das verborgene Gesicht der Liebe* geschrieben habe, die die Geschichte meiner anfänglichen Jahre auf dem Pfad erzählt, meine ersten Meditationserfahrungen und wie sie mich zu einem Lehrer und allmählich tief in mein Inneres brachten. Lese ich sie jetzt, kann ich die Person erkennen, die sie geschrieben hat. Ich kann einiges von den Gefühlen, den seelischen Erschütterungen, der Schönheit und der Liebe erinnern. Und doch erscheint sie mir jetzt im Grunde die Geschichte einer anderen Person zu sein, die eines fragmentierten Ich, das darum ringt, etwas zu finden, einen tieferen Sinn zu enthüllen und zurückzufordern. Ja, die Reise hat mich zu einem Gefühl der Ganzheit gebracht, zu einem tiefen In-mir-Zusammenkommen, indem psychologische Konflikte an die Oberfläche kamen und nach und nach ihre Aussöhnung fanden. Doch habe ich vor zehn Jahren wenig davon gewusst, dass diese Reise erst der Anfang war und der wahre Pilger nicht diese Person ist, deren Geschichte erzählt wird.

In *Das verborgene Gesicht der Liebe* habe ich so aufrichtig wie mir möglich die Geschichte meiner spirituellen Reise wiedergegeben, so, wie sie sich damals für mich darstellte. Und diese Reise hat mich nach Hause gebracht, zurück zu dem, was in mir wirklich und essenziell ist. Das Buch erzählt die Geschichte eines Suchers, der langsam völlig nackt gemacht wird, diesen schmerzhaften Prozess, bei dem man von den Kleidern der Konditionierung und des Selbstbildes entblößt wird. Dieses spirituelle Entkleidetwerden ist real und qualvoll, und es ist eine notwendige Reise – die Reise, um die eigene wahre Natur zu erkennen, »das verborgene Gesicht«, das man hatte, bevor man geboren wurde. Aber später erkennt man, dass es von Anfang an nicht um einen selbst ging. Die tiefere Reise, die wahre Geschichte, ist, wie das Licht des Höheren Selbst sich ins Bewusstsein drängt, wie es danach verlangt, erkannt zu werden.

Natürlich ist es viel leichter, »unsere« Geschichte zu erzählen, unsere emotionale, psychologische und spirituelle Reise, die schmerzvoll und berauschend, anstrengend und überaus lohnend ist. Es ist sehr schwer einzusehen, dass es letztlich nicht um uns geht, dass sich in unserem menschlichen Drama ein tieferes Drama vollzieht, wie das Göttliche Sich Wege bahnt, Sich ins Bewusstsein zu bringen, wieder geboren zu werden. Manchmal arbeitet das Göttliche mit Hilfe von List und Gerissenheit und täuscht uns, damit wir Es in unser Leben hereinlassen, und nutzt sogar als raffinierten Kunstgriff das Bild einer ganzen spirituellen Reise, um uns in ein göttliches Mysterium zu ziehen und Dem, was wirklich ist, in uns und in der Welt zur Geburt zu verhelfen. Und manchmal kommt es mit Gewalt und scheinbarer Grausamkeit, schlägt ein wie ein Blitz und zwingt uns, beiseite zu treten.

Über diese tiefere Reise, diese wahre Geburt, lässt sich dagegen kaum etwas sagen. Unsere Sprache, unsere Bilder, sogar unsere Gefühle gehören zum Ich und seiner Beziehung zur Welt. Sie helfen uns, *unseren* Platz in der Welt und *unsere* Lebensreise zu begreifen. Das Göttliche, diese ewige Präsenz, die immer hier ist und Sich doch fortwährend neu Selbst offenbart, ist ein Mysterium jenseits der Worte, ist etwas, das angedeutet, aber kaum erzählt werden kann. Blicke ich jetzt zurück auf die Geschichte, die ich vor zehn Jahren über meine Reise geschrieben habe, spüre ich klarer die Gegenwart von diesem Anderen. Ich nehme Sein Licht wahr hinter den Vorfällen und Ereignissen, hinter der Weise, wie Es mich getrieben hat, Sich Selbst sichtbar zu machen – die wahre Geschichte der Reise, die ich erst auf den letzten Seiten meines Buches andeuten konnte.

Es ist auch eine Unschuld in der Art, wie ich diese spirituelle Geschichte erzählt habe, die mir inzwischen fehlt. Nach dem Erscheinen dieses Buches ist meine Lehrerin, Irina Tweedie, gestorben, und wie ihr Shaikh ihr gesagt hatte, werden viele Dinge erst nach dem Tod des Lehrers zu erkennen gegeben. Als ich meine Autobiographie verfasste, glaubte ich noch an die spirituelle Reise als etwas, das vollbracht werden muss, an eine Reise mit einem Ziel. Und so erlebte ich die »Ereignisse« der Geschichte durch dieses Bild einer Reise heimwärts, einer Reise, die ich mit all meiner Sehnsucht und meinem Ringen tat. Inzwischen weiß ich, dass die Reise nichts weiter als ein Bild war, etwas, das mir eine gewisse Sicherheit und Zugehörigkeit, eine Art Sinn gab. Aber das Göttliche gehört nicht zu unseren Bildern – wir können Es nicht in unsere Glaubenssysteme und Konzepte einsperren. Wie all meine spirituellen Bilder zerstört wurden, wie sogar die Reise selbst hinweggefegt wurde, ist eine Geschichte, die zu erzählen für mich zurzeit noch zu schmerzhaft ist. Aber ich habe meine spirituelle Unschuld auf eine Weise verloren, wie ich mir das nie hätte vorstellen können, und es ist ein Gefühl für mich übrig geblieben, gleichermaßen ein Gefühl von menschlicher Zerbrechlichkeit wie auch von göttlicher Erhabenheit, Licht und Herrlichkeit. Während ich das schreibe, ist da ein Lachen, aber Tränen sind auch ganz nah. Die Beziehung zwischen Menschlichem und Göttlichem und wie sie eins sind, ist eines der urewigen Geheimnisse des Lebens.

Das menschliche Drama ist in seinem Schmerz und seiner Glückseligkeit wirklich, aber das ist nur eine Facette von etwas so Außerordentlichem, so Wundervollem und so Erschreckendem. Sind die Kleider von »du« und »ich« erst einmal fortgenommen oder fortgerissen, ist der kurze Einblick in ein anderes Drama, in die Geschichte eines Anderen, möglich. Und doch ist das in vielerlei Hinsicht auch unsere eigene Geschichte, denn was sind wir, wenn nicht ein Funke des Göttlichen, und was ist unsere Reise, wenn nicht dieser Funke, der ins menschliche Bewusstsein geboren und dort zum Feuer wird. Das wahre Mysterium ist, wie Es Sich in uns enthüllt, wie der Geliebte Sich in dem zerbrechlichen Gefäß eines Menschen Sich Selbst offenbart.

Es liegt auch etwas zutiefst Schönes in der Rolle, die wir in diesem Prozess zu spielen haben, in dieser Rolle der menschlichen Seite des göttlichen Dramas. Ich hatte gehofft, dass sich der Mensch als »Ich« völlig auflösen würde, der Falter in der Flamme verbrennt. Und obwohl es diese inneren Erfahrungen von völliger Auflösung gegeben hat, von so vollständigem Verlorengehen, dass es so aussah, als könnte nichts mehr wiedergefunden werden, hat es doch jedes Mal eine Rückkehr zu etwas essenziell Menschlichem gegeben, zu einem Segment eines Selbst. Dieses Teilstückchen unterscheidet sich sehr von dem zerbrochenen Menschen, der die Reise damals begann, und gleichzeitig gibt es eine wesentliche Ähnlichkeit, als würde es denselben einzigartigen Stempel tragen. Der Sinn dieser Rückkehr, die Rolle, die der Mensch in diesem göttlichen

Sich-Entfalten einnimmt, ist wohl eines der größten Geheimnisse.

In den Jahren nach dem Erscheinen meiner Autobiographie sind mir sowohl die Macht des Göttlichen wie auch die menschlichen Qualitäten, die vergänglich, ja, fast flüchtig und doch so notwendig für das Entfalten dieses Geheimnisses sind, stärker fühlbar geworden. Was ist die wahre Natur des Menschen in diesem göttlichen Drama? Wir kennen nur zu gut die menschliche Eigenart, wie sie ums Überleben kämpft und wie sie so leicht die Wege der Gier und des Verlangens einschlägt. Wir sehen die daraus resultierenden Verheerungen überall um uns herum in unserer verschmutzten und geschändeten Welt. Doch was sind die menschlichen Qualitäten, die zu dem göttlichen Drama gehören? Was bringen wir in diese Vermählung ein? Ich habe noch keine wirkliche Einsicht in diese Frage, die mich seit vielen Jahren plagt. Ich kenne in jeder meiner Zellen die Intensität des Göttlichen und das drängende Bedürfnis, mich vor Ihm zu verneigen. Aber da ist etwas im Menschen, das für Seine Offenbarung gebraucht wird, für das Mysterium der göttlichen Inkarnation. Blicke ich zurück auf jene frühen Jahre und sehe ich das Ringen und die Sehnsucht, die Verzweiflung und die Verrücktheit, bekomme ich eine Ahnung, dass gerade mein menschliches Versagen ein wichtiger Partner war. Möglicherweise ist es genau das, was wir einzubringen haben: unsere Unzulänglichkeiten, unsere Begrenzungen, unser Sehnen.

ʿAttār erzählt die Geschichte des großen Sufi Bāyezīd Bistāmī: »ER rief mich in meinem innersten Inneren: ›O Bāyezīd. Unsere Schatzkammern sind gefüllt mit lobenswerten Handlungen des Gehorsams und wohltuenden Taten der Verehrung. Wenn du Uns willst, dann biete etwas dar, was Wir nicht haben!‹ Ich fragte: ›Was ist es, was Ihr nicht habt?‹ Die Stimme antwortete: ›Hilflosigkeit und Schwäche, Bedürftigkeit und Demut und einen gebrochenen Geist.‹«

Inmitten des Dramas der göttlichen Offenbarung gibt es eine menschliche Geschichte, die erzählt werden muss. Dies ist keine Heldenreise, und es gibt da auch keine Leiter des spirituellen Aufstiegs. Was ich als spirituelle Suche verstand, ist jetzt in meinem Empfinden eher so etwas wie eine Partnerschaft, in der wir die Qualitäten entdecken, die der Geliebte haben möchte und braucht, genau diese menschlichen Schwächen, die Seinem Herzen so nah sind. In dieser Beziehung sind wir nichts, ein auf den Boden gewehtes Staubkorn. Und doch scheinen wir auch ganz dicht an unseres Geliebten Herzen und unendlich kostbar zu sein.

7

Die Meditation und das »Ich«

Die Meditation ist immer meine wichtigste spirituelle Übung gewesen, und sie hat mich weit über das »Ich« hinaus in das Licht und die Dunkelheit der Liebe genommen, wo es nichts und niemand gibt. Mehr und mehr habe ich die illusionäre, unwesentliche Natur des »Ich« erfahren, und doch ist es paradoxerweise geblieben. Kehre ich aus der Meditation zurück, ist es stets da. So hat mich die Frage umgetrieben, was sein Zweck sein könnte. Ich habe den Eindruck gewonnen, dass es selbst in seiner illusionären Eigenschaft vielleicht eine Wahrheit enthält, die in dem blendenden Licht oder in der überwältigenden Dunkelheit des Göttlichen verborgen ist.

Dort, wo die Wellen
des endlosen Meeres sich brechen,
wie soll da der Ozean intim sein
mit einem kleinen Tautropfen?

Fakhruddīn 'Irāqī[58]

Die Reise jenseits des »Ich«

Ich habe mich zum ersten Mal zum Meditieren hingesetzt, als ich sechzehn war. Ich schloss die Augen und fand mich in einer Realität jenseits des Verstandes und seinen Bildern wieder. Ich war in einer formlosen inneren Welt gegenwärtig, die sich völlig von der begrenzten Welt meines jugendlichen Schüler-Bewusstseins unterschied. Hier war endloser innerer Raum und Freiheit, das Gefühl einer intensiven Ausdehnung. Da gab es keine Gedanken, nichts, wonach man suchen oder dem man entrinnen wollte. Das war für mich die erste Kostprobe von einer Wirklichkeit jenseits des »Ich«, und das blieb, als ich[59] aus der Meditation zurückgekehrt war.

Mein Ich-Gefühl eines Schuljungen kam zwar wieder, aber etwas anderes war auch gegenwärtig. Ein Licht und eine Qualität von Raum waren deutlich wahrnehmbar. Besonders greifbar wurde das, wenn ich allein in der Natur war und ich, statt mich auf dem Gelände des Internats eingesperrt zu fühlen, etwas anderes als lebendig erlebte. Die Blumen, die Vögel, die Bäume funkelten, und wenn ich am Fluss saß und auf das vorbeifließende Wasser schaute, war ich in einem Augenblick gegenwärtig, von dessen Existenz ich nie zuvor gewusst hatte. Damals war ich in diesen Zustand einfach versunken. Ich habe nicht darüber nachgedacht. Erst viel später, als sein Zauber verblasst war, erkannte ich, was mir da geschenkt worden war. Wenn kein »Ich« da ist, gibt es kein Denken, nur den gegenwärtigen Augenblick in der Intensität seiner Lebendigkeit.

Nach und nach verschwanden der Raum und die Freiheit, die von dieser ersten Erfahrung ausgegangen waren, was bei den meisten von uns nach solch einem kurzen Einblick geschieht. An deren Stelle gab es jetzt einen Sucher, der sich abmühte, das, was ihm geschenkt worden war, wiederzuerlangen. Die Meditation hatte mich über das »Ich« hinausgeführt, und doch war das »Ich« zurückgekehrt und hatte das Verlangen mitgebracht, mit der Meditation fortzufahren, Yoga zu praktizieren, spirituelle Texte zu studieren, zu fasten und zu beten. Anstelle der Einfachheit des ursprünglichen Zustandes, wo das Licht auf dem Wasser tanzte, gab es jetzt eine Person, die sich mit all der Energie eines jungen Mannes vorantrieb. Ja, es gab Momente, wo ich, ganz kurz, wie hinter den Vorhang schauen durfte, wo ich stehen blieb und ein Spinnennetz voller Morgentau glitzern sah, aber das »Ich« schien immer mehr zu wollen, war unzufrieden. Sogar die Meditation wurde zur Anstrengung, zur täglichen Disziplin.

Und so quälte ich mich, hungrig und erschöpft, voller Vorstellungen von einem spirituellen Leben und wie es zu verwirklichen sei, bis mich eines Tages die durchdringenden blauen Augen einer alten Frau ansahen und ich zu einem Staubkorn auf dem Boden wurde. Wieder war da kein »Ich«, nicht einmal ein verängstigter junger Mann, nur ein Staubkorn, sonst nichts. Nichts wurde gegeben oder weggenommen. Es war nur. Der Pfad in seiner Reinheit und Essenz war gegenwärtig, »ein Staubkorn zu Füßen des Lehrers«.

Und so saß ich wieder und meditierte. Meditierte in dem kleinen Zimmer meiner Lehrerin und zu Hause. Das war eine andere Art der Meditation, ein anderer Pfad. Statt auf die Leere zu meditieren, war das hier eine Meditation auf die Liebe, bei der man den Verstand in der Energie der Liebe im Herzen ertränkt. Ich meditierte stundenlang. Doch wieder waren da ein Ringen und Mühen, wenn ich versuchte, das Geplapper des Verstandes zum Verstummen zu bringen und in der Liebe gegenwärtig zu sein. Sogar der Körper rebellierte, mochte es nicht, still zu sitzen. Da gab es keine Seligkeit, nicht einmal Friede. Im Rückblick könnte ich über all das lachen, wenn ich nicht noch den Schmerz und die Anstrengung, die Sehnsucht und die Tränen erinnerte. Die Meditation, die mich jenseits meines »Ich« zu nehmen vermochte, schien statt dessen ein überfrachtetes Ich-Gebilde erschaffen zu haben, das mit all dem Verlangen nach spiritueller Wahrheit beladen war. Ich mühte mich ab, das zu finden, was mir zuvor geschenkt worden war. Inzwischen weiß ich, dass das Ego, sogar das spirituelle Ego, nicht erkennen kann, was jenseits des Ego ist. Damals kannte ich nur die Ungeduld und die Anstrengung meines eigenen Wollens. Ich saß mit dem spirituellen Ego eines jungen Mannes fest.

So nahm das Drama des Pfades seinen Anfang. Das »Ich«, das will, ist auch das »Ich«, das behindert. Doch die Meditation war ein Tor in eine Welt jenseits des »Ich«. Unmerklich, Woche um Woche, säte sie die Samen für meine Zerstörung. Sie brachte mich in mein Herz und gab mir das Gefühl, wie es ist, in der Liebe verloren zu gehen, in dieser Süße zu ertrinken, die schon vor Honig oder Biene war. Natürlich geschah das nicht immer so. Es gab Tage, an denen ich nur das Kreisen meiner Gedanken erfuhr, Gedanken, die ich mit aller Anstrengung hinter mir zu lassen suchte und die hartnäckig meine Aufmerksamkeit auf sich zogen und in dem Moment so wichtig erschienen. Aber die Meditation und die Liebe taten ihre Magie und lösten mich langsam auf. Und dann begannen die Zustände von *Dhyana*, und ich nahm die Welt und mich nicht mehr wahr.

Auf dem Sufi-Pfad ertränkt die Herz-Meditation den Verstand in der Energie der Liebe im Herzen, bis schließlich der Verstand, in der Liebe absorbiert, völlig aufhört. Das ist der Zustand von *Dhyana*, in dem es keinen Verstand, kein Bewusstsein, kein individuelles Selbst gibt. Es kann sich wie Schlaf anfühlen, aber es ist kein Schlaf, denn der Verstand ist sogar im Schlaf aktiv und erzeugt Träume. Im Zustand von *Dhyana* gibt es keine Träume. Da ist nichts. Es heißt, das individuelle Bewusstsein sei dann im universalen Bewusstsein aufgelöst. Doch ich wusste nichts, außer dass ich nach einer halben Stunde oder länger zurückkehrte. Ich wusste nur, ich war nicht mehr da gewesen. Es gab Momente, bevor ich in *Dhyana* gezogen wurde, in denen mein Verstand Angst bekam, erschrocken über eine Leere, in der er nicht mehr existierte. Doch schließlich tauchte der Verstand ein, ging verloren, wurde absorbiert, und nichts blieb übrig. Man sagt, dies sei der erste wirkliche Geschmack der WAHRHEIT, die jenseits des Verstandes ist. Ich wusste lediglich, dass ich nicht zugegen war.

Jeden Tag durfte ich für eine bestimmte Zeit meditieren. Ich konnte meine Zimmertür schließen, und meine Kinder, die damals noch recht klein waren, wussten, dass sie mich nicht stören durften. So konnte ich in jenen süßen, leeren Minuten verloren gehen, nirgendwo sein. Nichts. Kein Bewusstsein, außer dass ich manchmal aus diesen Zuständen mit einem Gefühl zurückkehrte, ich sei genommen worden. Im Rückblick sehe ich, es war eine Zeit reinen Wunders im Nicht-Wissen, im Nicht-Sein. Ich begann die Meditation, ging ins Herz, fühlte, wie die Ströme der Liebe in Bewegung kamen, und kehrte einige Zeit später zurück. Dann sah ich wieder die Welt um mich herum, erfuhr wieder, ich selbst zu sein. Das war keine dramatische Erfahrung, denn wie kann etwas, das nicht ist, dramatisch sein? Doch ich bekam ein Gefühl dafür, wo ich hingehörte, auch wenn es da kein »Ich« gab und keine Erfahrung.

So vergingen die Jahre. Durch die Zustände von *Dhyana* schwächte sich eine gewisse Intensität des Pfades allmählich ab, bis ich eines Tages einen Traum hatte, in dem ich einen Sarg mit der Aufschrift »Spiritueller Anwärter« sah. Da wusste ich, dass eine Station der Reise vorbei war. Es gab kein spirituelles Streben mehr. Der Sucher war gestorben. Ich ging immer mehr in den Tiefen meiner selbst verloren, wurde immer mehr in die Dunkelheit jenseits des Verstandes gezogen. Wer kann etwas darüber sagen, was nicht ist, außer dass es Augenblicke gab, wo ich diese Leere, die WIRKLICH ist, zu empfinden und ins Bewusstsein zu bringen begann.

Es gab auch andere Erfahrungen in der Meditation, so wurde mir eine Liebe geschenkt, die jede Zelle meines Körpers durchdrang. Und außerhalb der Meditation erfuhr ich Zustände des Friedens, ein Friede, der keine Ursache im Außen hatte, sondern einfach nur gegenwärtig war und manchmal tagelang anhielt. Eine Tiefe war in diesem Frieden, der auch meinen Verstand und meinen Körper erfüllte. Dies waren vorübergehende Zustände, und doch verändern sie einen. Sie geben ein Fundament für ein Dasein, das nicht zum Ego, zum »Ich«, gehört. Nicht »ich« wurde geliebt, vielmehr war die Liebe gegenwärtig. Nicht »ich« war in Frieden, der Friede war überall um mich herum und in mir gegenwärtig. Und so tauchte aus den Tiefen von *Dhyana* allmählich ein Bewusstsein auf, das man das Bewusstsein des SELBST nennen kann. Für mich war es, wie für so viele andere, überhaupt nicht dramatisch, keine Lichtexplosion, kein Feuerwerk des spirituellen Erwachens. Doch es entwickelte sich ein zunehmendes Gewahrwerden eines Seinsgefühls, das mit mir zu tun hatte und doch nicht »ich«, nicht mein normales Ego-Selbst war. Ein Bewusstsein mit Gewahrsein, aber ohne Gedanken. Und genau dieses Bewusstsein nahm in mir zu.

Das Wunderbare an dem Pfad ist, wie alles aus ihm heraus geschieht. Wie bei dem klassischen Bild der Seerose, die ihre Blütenblätter auf dem Wasser entfaltet, öffnet sich etwas im Herzen. Die Sufis nennen dies das »Auge des Herzens«. Ihm sind eine Ruhe und eine Stille eigen, und es erscheint einem völlig natürlich. Und doch war das Ego noch da. Zu der Zeit arbeitete ich als Lehrer und unterrichtete Mädchen im Teenageralter in englischer Literatur. Später schrieb ich meine Doktorarbeit, also brauchte ich meinen Verstand, meine eigenen Ansichten. Meine Kinder wuchsen heran, und sie brauchten meine Präsenz, damit ich mit ihnen spielte, ihnen Geschichten vorlas und bei den Hausaufgaben half. Und doch wurde die ganze Zeit über dieser Andere immer gegenwärtiger, nicht immer im Vordergrund, eher wie ein Freund, ein Gefährte, der gekommen ist, um zu bleiben.

Ich hatte noch immer Probleme, psychologische Schwierigkeiten, unerfüllte Träume, Kämpfe. Immer noch gab es Tränen und Phasen der Anspannung, des Stresses. Licht und Schatten des Lebens umgaben mich. Und ich habe über diese innere Veränderung auch nicht wirklich nachgedacht. Ich lebte diese Zustände, wie sie kamen und gingen, und fühlte diesen wachsenden Anderen. Manchmal war alles vor mir verhüllt, manchmal wollte mein Ich auch einfach nicht wissen. Das spielte nicht wirklich eine Rolle. Der Pfad nimmt einen auf seine Reise. Man fragt sich mehr und mehr, was er mit »einem selbst« zu tun hat. Man ist kein Beobachter, kein Zuschauer, denn er nimmt einen ganz und gar ein, jede Zelle des Körpers, jeden Atemzug. Und doch geht es nicht um einen selbst. Oft bleibt sogar das Ego-Selbst unverändert. Ich hatte weiter meine englische Erziehung, viele meiner Verhaltensmuster. Ich hatte sogar noch das Verlangen nach dem, was ich »WAHRHEIT« nannte. Doch zugleich wusste ich, dass es nicht zu mir gehörte. Und da war immer diese Leere, die mein Bewusstsein umgab, diese größere Dimension der Nicht-Existenz, die ich an den Grenzen meiner selbst spürte.

Rückkehr zum Ego

Die Meditation brachte mich tiefer. Manchmal bekam ich bewusst mit, wie ich mein Ego-Selbst mit seinen alltäglichen Sorgen und Ängsten zurückließ. Ich fühlte mich dann in einen Raum weit außerhalb jenes engen Kreises des üblichen Bewusstseins gezogen. Für eine Weile war ich mir der Leere gewahr und sogar – paradoxerweise – meiner Nicht-Existenz bewusst, bevor all das aufhörte und keine Wahrnehmung meiner selbst mehr vorhanden war. Ich erinnere mich, wie wunderbar es sich anfühlte, kein »Ich« zu haben, nichts und nirgendwo zu sein. Es war das Gefühl einer tiefen und uralten Erfüllung und Freiheit. Ich musste nicht existieren. Existenz ist so einengend, so begrenzend. Jenseits davon gibt es so herrliche und unermessliche Räume. Und man kann in dieser Leere leben, wirklich leben und nicht nur existieren.

Manchmal kehrte ich aus diesen Zuständen etwas verwirrt zurück, wusste ich doch nicht, wo ich hingeführt worden war. Ich erinnere mich noch, wie ich einmal zum »Ich« zurückkehrte, als wäre ich nach einer langen Reise wieder auf diesem Planeten gelandet. Als ich in mein Ego-Selbst eintrat, fühlte sich das an, als würde es sich wie ein alter Anzug um mich schließen, und ich erlebte seine Ängste und seine Probleme aufs Neue. Manchmal wollte ich nicht zurückkommen in diese enge Welt mit ihren Schwierigkeiten und Missverständnissen. Ich musste mich regelrecht disziplinieren, zurückzukehren, zurück in mein Alltagsbewusstsein und die Anforderungen des äußeren Lebens.

Die Zustände der Meditation verändern sich immer. Nichts ist fest, nichts von Bestand. Aber ich konnte nicht ohne jene tägliche Zufuhr von dem leben, was jenseits des Verstandes ist, nicht ohne jenes klare Licht und die Ur-Leere jenseits des Ich. Es ist, als würde man tief Atem holen, bevor man wieder ins Wasser eintaucht. Doch diese innere Leere hat eine Schattenseite. Die Welt mit ihrer Kleinlichkeit und ihren Ansprüchen fühlt sich mitunter so einengend an, ihre Dramen so unnötig. Man muss lernen, mit den Begrenzungen des Ego zu leben, und nicht empört oder wütend zu reagieren, wenn man sich in Mustern oder Problemen, die zunehmend unwirklich werden, gefangen fühlt. Paradoxerweise kann einen die Unwirklichkeit der eigenen Probleme manchmal noch mehr verärgern, noch wütender machen, so, als wäre man auf einem Jahrmarkt in einem Spiegel-Kabinett eingesperrt, ohne den Spaß dabei zu sehen.

Es beginnt auch etwas Seltsames mit dem »Ich« zu geschehen. Nach gewissen inneren Erfahrungen weiß man, dass das Ego-Selbst eine Illusion ist. Es ist nicht wirklich. Man hat einen Geschmack von der Wahrheit, wer man wirklich ist, bekommen, vom Kern des Seins, der einem wirklich eigen ist. Und doch muss man in diesem illusionären Selbst existieren, seine Kleider tragen wie alle anderen auch. Man kann nicht nackt auf den Straßen dieser Welt umherlaufen. Mit Anfang zwanzig habe ich nach einigen gewaltigen inneren Erfahrungen versucht, in einem Zustand völliger Offenheit zu leben. Aber ich war zu verwundbar, zu sehr in der Einheit eingetaucht – ziemlich verrückt. Für den Alltag muss man sich ein Gefühl für ein abgegrenztes Selbst bewahren. Und so behält man das Ego, das man immer hatte, nur mit dem einen dramatischen Unterschied: Es weiß, dass es nicht wirklich, sondern nur eine »fabrizierte« Identität ist.

Anfangs kann das sehr verwirrend für das Ego sein. Vorher war es der Hauptdarsteller im Leben, jetzt hat es nur einen kleinen Nebenpart und wiederholt meist alte Rollen. Es hält einen nicht mehr so fest, ist nicht mehr der Mittelpunkt der Existenz. Man sieht seine Muster, seine Schwächen, seine Unzulänglichkeiten viel deutlicher. Und es hat sich ein bisschen verändert. Es ist nicht mehr so stabil. Es ist, als hätte es Löcher, die dem Licht einer anderen Welt erlauben, hereinzukommen und es zu durchdringen.[60] Da gibt es auf der eigenen Seite auch eine Sehnsucht, die Menschen mögen mit deinem wahren Selbst in Beziehung treten, doch das geschieht leider nur selten. Man behält sein Ego-Selbst, um Kontakt zu anderen zu machen, um in ihrer Welt zu funktionieren. Und das ist das Selbst, zu dem man zurückkehrt. Ich war sehr erleichtert, als ich die Beschreibung dieses Zustands bei Junayd, einem Sufi aus dem 9. Jahrhundert las:

> »Er ist er selbst, nachdem er nicht wirklich er selbst gewesen ist. Er ist in sich gegenwärtig und in Gott, nachdem er in Gott gegenwärtig und in sich abwesend war. Der Grund dafür ist, dass er das Trunkensein von Gottes überwältigendem *ghalaba* (Sieg) hinter sich gelassen hat und zur Klarheit der Nüchternheit gelangt ist. … Er nimmt nach *fanā* noch einmal die individuellen Attribute an.«[61]

Junayd erwähnt auch eine besondere Spannung in diesem Zustand des Abwesend- und gleichermaßen Gegenwärtigseins.[62] Viele spirituelle Texte beschreiben die Reise vom Ego zum SELBST oder von der Existenz zur Nicht-Existenz. Was danach geschieht, wie der Liebende aus der Umarmung des Geliebten zurückkehrt, ist nicht so gut dokumentiert.[63]

Viele Jahre lang hoffte ich einen spirituellen Zustand zu erreichen, in dem mein wahres SELBST als ständige Präsenz im Zentrum meines Alltagsbewusstsein bleiben würde, sozusagen als Alleindarsteller auf der Bühne meines Lebens. Vielleicht sind manche Wanderer in der Lage, stets in diesem Zustand eines einfachen und unmittelbaren Bewusstseins zu weilen, wo man nur »ist«. Obwohl es für mich viele Momente gibt, in denen ich in diesem Bewusstsein ruhen kann, besonders allein in der Natur, habe ich herausgefunden, dass das Ego doch bleibt und sich manchmal über seine Existenz wundert, auch wenn es weiß, dass es nicht wirklich existiert. Es kann aus Sorge um seine Identität sogar noch ängstlicher werden als zuvor. Mitunter will es Bestätigung, möchte es das Gefühl haben, dass es gebraucht wird und einen Sinn hat. Und doch bleibt es, sobald ich mich in der Meditation nach innen wende, so schnell zurück.[64] Und manchmal, wenn ich während des Tages in einen tiefen Bewusstseinszustand gebracht werde, scheint es kaum noch vorhanden zu sein.

Was ist denn dann die wirkliche Beschaffenheit dieses »Ich«, das bleibt? Jahrelang habe ich versucht, das Ego zu überwinden, es auf meiner Reise zur WAHRHEIT hinter mir zu lassen. Doch jetzt, da es so leicht wegfällt, wenn das Nichts jenseits des Verstandes im Nu gegenwärtig wird und sogar die Vorstellung einer Reise verloren gegangen ist, muss ich wieder lernen, mit ihm zu leben. Und ich muss den Sinn seiner kontinuierlichen Anwesenheit aufs Neue entdecken und sehen, dass es keine Pappfigur aus einem Ausschneidebogen ist, die dem Nachbarn zunickt, mit ein paar Lebensmitteln an der Kasse steht und die Abendschau guckt. Mehr und mehr ist da ein Gefühl, dass dieses zurückgelassene Selbst, dieses »Ich« nicht lediglich ein Hindernis ist, etwas, das man wegschickt oder transzendiert, sondern dass es für meine menschliche Erfahrung auch wesentlich ist.

Das Licht des »Ich«

Die wahre Individualität unseres Ego, unseres »Ich«, ist aus dem Licht des SELBST, aus unserer wahren Natur, geboren. Ich habe das zum ersten Mal beobachtet, als ich sah, wie sich meine Enkelkinder entwickelten, wie sich aus der undifferenzierten Einheit ihres ersten Gewahrwerdens das Ego, ihr Wille und »Ich«-Gefühl herausbildeten. In dem »Ich« war das Licht des SELBST, ein Funke, der ihnen ihr Gefühl einer individuellen Existenz verlieh. Ich denke, ohne das Licht des SELBST hätten wir überhaupt kein Gefühl der Individualität und würden nur ein instinktives körperliches Dasein leben.

Diesen Wandel sah ich in den ersten Jahren meiner Enkelkinder, nahm wahr, wie dieser Funke reinen Lichts bei ihnen ein deutliches Gefühl für ihr eigenes einzigartiges Selbst entstehen ließ. Dieser Funke verbindet sich mit der dichteren Instinktnatur und anderen Erdenergien[65] und hilft, das Ego zu schaffen, (dem allmählich all die Muster der Konditionierung hinzugefügt werden, wodurch sich unsere Persönlichkeit und unser Charakter formen) – dasselbe Ego, das uns nur viel zu leicht von unserem Licht in unserem Zentrum trennt. Später müssen wir dieses Licht zurückgewinnen. Doch ohne dessen Gegenwart gäbe es kein individuelles Selbst, kein Ich, über das man hinausgehen kann.[66]

Die Seele benötigt das Ich, um in dieser Welt gegenwärtig zu sein. Auf der Ebene des SELBST gibt es keine Unterscheidung, nur Einheit. Ich erinnere mich, wie ich, als ich dreiundzwanzig war, sechs Monate fast nur auf der Ebene des SELBST verbracht habe. Da gab es kein Zeitgefühl, keine Ortsunterschiede. Ich saß einfach stundenlang an derselben Stelle. Alles war dieselbe Einheit. Das Bewusstsein des SELBST sieht nur mit dem reinen Licht, in dem alles eins und man jene Einheit ist. Es ist das Ich, das die Getrenntheit der Dinge erfährt. Will unser göttliches SELBST eine einzigartige Erfahrung in dieser Welt machen, braucht es das Ich. Es braucht die Augen der Dualität, um zu sehen, was hell und was dunkel ist. Es braucht die Sicht der Vielfalt, um die vielen Farben dieser Welt wahrzunehmen.

Natürlich bedeutet es große Freude, zu dieser Einheit zurückzukehren, besonders nach einem Leben verstrickt in den Dramen der Dualität. Das reine Licht des SELBST ist ein großer Segen nach einer Welt voll der Schatten. Aber das Ich ermöglicht uns eine Erfahrung, die im SELBST nicht vorhanden ist:

Es gibt unserem göttlichen Bewusstsein eine sehr menschliche Dimension. Etwas wird in den vielen Farben des Lebens sichtbar, das in dem einzigen Licht des Reinen Seins verborgen ist.

In meiner Erfahrung nahm mich mein Ich gemeinsam mit meinem tieferen Selbst auf die spirituelle Suche. Diese Reise hat mich sogar weit jenseits der erschaffenen Welt, weit jenseits der Wohnstätte des Ich gebracht. Aber jeden Morgen, wenn ich aufwache, ist das »Ich« immer noch da. Wenn ich aus den Tiefen der Meditation zurückkomme, ist das »Ich« das erste, was mich begrüßt. Das ist eine verwirrende Grundsituation, doch bei mir bleibt der Eindruck, dass ein tiefer Sinn in der Beziehung zwischen Ich und SELBST liegt, zwischen Tropfen und Ozean. Und diese Beziehung birgt für mich ein Geheimnis, nämlich das, was es heißt, Mensch zu sein.

Doch was ist dieses »Ich«, das übrig bleibt, nachdem so viel verloren gegangen oder abgeschält worden ist, aufgesogen in der Liebe, aufgelöst in den Zuständen der Meditation? Viel von seiner Identität und seinem Selbstgefühl ist verschwunden. Ja, es gibt eine Vergangenheit, Erinnerungen wie ein altes Geschichtenbuch, in dem ich lesen kann, wenn ich will. Aber ich weiß, dass ich nur ein Vorübergehender in dieser Welt von Zeit und Raum bin und mein Ich nicht mein wirkliches Selbst, nicht mein wahres Zentrum des Bewusstseins ist. Es bleibt ein Bewusstsein in dieser Welt mit Vorlieben und Abneigungen,[67] aber die Wünsche, die es ins Leben zogen, haben aufgehört, sind entweder erfüllt, abgefallen oder zerstört. Es bringt auch ein gewisses Gewahrsein aus den Zuständen der Meditation mit, so wie der Tautropfen etwas vom Ozean in sich trägt. Dieses »Ich« hat seine Stimme, auch wenn es nur die Stimme von jemandem ist, der am Ufer zurückgelassen wurde. Es schenkt meinem Leben ein besonderes Licht.

In dieser Welt gibt es, verglichen mit der inneren Welt des Lichts, keine wirkliche Klarheit, kein reines Bewusstsein, aber in ihren Schatten und Unstimmigkeiten kann etwas gefunden werden, das dem Mysterium des Lebens angehört. Bestimmte Dinge können sich nur in der Dunkelheit und dem Zwielicht entfalten; bestimmte Bedeutungen können nur durch die Schleier der Differenzen zu erkennen gegeben werden. Unser Ich-Bewusstsein verleiht Erfahrungen in dieser Welt Sinn, die dem SELBST verborgen sind, dessen Licht zu hell und dessen Bewusstsein zu unmittelbar ist. Das Ich ist fähig, eine göttliche Qualität in den mysteriösen Interaktionen des Lebens zu sehen, in diesem Wechselspiel von Licht und Dunkel. Es heißt, dem Menschen ist es möglich, Erfahrungen zu machen, die den Engeln, die nur in den Welten des Lichts leben, unzugänglich seien.

Wie lässt sich der Sinn dieser Erfahrungen beschreiben, die »meine« genannt werden können? Vielleicht sind sie nur oberflächliche Ereignisse ohne jede tiefere Bedeutung – eine kurze Unterhaltung auf dem Postamt, eine heiße Tasse Tee an einem kalten Morgen, eine Auseinandersetzung über etwas Unwesentliches. Aber sie sind Teil des Gewebes des Netzes des Lebens, das, schaut man genau hin, das Ganze der Schöpfung enthält. Sie sind die kleinen Dinge, die unsere Tage ausmachen, eine E-Mail von einem Freund, das Lachen über einen albernen Witz, eine Erinnerung, die aufsteigt. Ohne sie wäre das Leben etwas Wesentlichem beraubt. Das SELBST kann diese Trivialitäten nicht wahrnehmen, kann die Pointe des Witzes nicht erkennen, aber für das Ich schaffen sie Substanz im Leben, sind sie Teil des Lebendigseins. Dieses Gewebe des Lebens birgt etwas vom Geheimnis der Schöpfung, das nur das Ich sehen kann.

In diesen alltäglichen Ereignissen interagiert die Energie der Erde mit unserem menschlichen Bewusstsein. Dies ist Teil unserer Geschichte und der Geschichte der Weltseele und formt das Netz des Lebens, das der heiligen Bestimmung der Existenz angehört. Frühere Kulturen pflegten es in ihren täglichen Ritualen und Bräuchen zu ehren. Alle normalen Geschehnisse, von der Aussaat bis zum Brotbacken, enthielten eine heilige Dimension. Doch wir haben in unserer westlichen Kultur das Gewahrsein für das zugrunde liegende Heilige verloren. Wir fühlen uns nicht mehr mit der Seele der Welt verbunden. Uns sind nur noch unsere individuellen Geschichten geblieben. Und zu oft fühlen wir uns abgeschnitten, isoliert und nehmen diese elementare Verbindung nicht wahr, auch wenn sie überall um uns herum ist.

Doch sogar in unserer individuellen Geschichte gibt es dasselbe Muster der Existenz, dieselben zahllosen Verknüpfungen. Mein Ego-Selbst, das nicht mehr in Verlangen verfangen ist, kann dieses Netz deutlicher sehen, das größere Bild des Lebens erkennen, in das es eingewoben ist. Ich fühle das Gewebe des Lebens, das mich umgibt, und fühle, wie meine eigene Geschichte Teil der Geschichte der Welt ist. In meinen Gefühlen, Empfindungen, Gedanken und Träumen erfahre ich die feinen Farben dieses Geflechts. Mein »Ich« ist Teil all dessen, seine Geschichte ein einziger darin verwobener Faden. Da ist nur ein Leben – das Leben des Ganzen – und doch gibt es jedem von uns eine unterschiedliche Erfahrung. Das gehört zum Mysterium der Einheit und der Magie der Schöpfung.

Und jeder Tag ist anders, bringt andere Gedanken, andere Stimmungen – das Spiel von Licht und Schatten ist immer etwas verschieden. Das Ich weiß das, lebt das, ist ein Vehikel für die Einzigartigkeit dieses unaufhörlichen Wandels. Diese Erfahrung hat etwas Zerbrechliches an sich, die Zerbrechlichkeit unseres individuellen Lebens, das nur so kurz dauert und so leicht ausgelöscht werden kann. Darin liegt auch die Schönheit des Augenblicks, dieses kurzen Augenblicks, in dem der Sonnenstrahl reflektiert wird. Und sogar inmitten des Lebens ist das »Ich« mit seiner Geschichte nicht »meins«, ist nicht mein eigen, sondern nur ein Funke des Sonnenlichts, der sich auf den Wassern des Lebens spiegelt. Licht über Licht.

So viel wird auf der Reise nach Hause gegeben und so viel wird genommen. Und doch bleibt mir unerwartet das Gefühl, dass nach all den Erfahrungen von Licht und Frieden und Liebe, nach der dunklen Schönheit des Ungeschaffenen es diese gewöhnliche Geschichte ist, die ich schätzen werde, die Ereignisse eines jeden Tages, die Dramen des Lebens und die Momente des Lachens. Das Ich ist so flüchtig – ich brauche mich nur nach innen zu wenden, und es ist verschwunden, der Tautropfen aufgelöst im Sonnenlicht. Und doch kann mir nur dieses kleine Selbst diese alltäglichen Momente schenken – die einfache Geschichte, ein Mensch zu sein.

8

Wo die beiden Meere zusammenfließen

Dieses Kapitel erforscht die Fragen der vorangegangenen Kapitel: die Beziehung zwischen Menschlichem und Göttlichem und das Geheimnis und der Sinn des »Ich, das bleibt« unter Einbeziehung der Gestalt Khidrs, den man an der Stelle, wo die beiden Meere zusammenfließen, findet, diesem Ort, wo das Menschliche und das Göttliche zusammenkommen. Es betrachtet die menschliche Dimension im Hinblick darauf, was es heißt, an dem Ort dieser Begegnung zu leben. Was ist das Wesen und der Zweck dieses Zusammentreffens und wie können wir es leben?

Als ich zum ersten Mal zu meiner Lehrerin, Irina Tweedie, kam, saß ich in ihrem kleinen Zimmer, schaute in ihre blauen Augen und *wusste, dass sie wusste.* Von diesem Moment an wollte ich, ohne den Grund zu kennen, mehr als alles sonst das haben, was sie hatte. Viel später erkannte ich dies als das Wissen, das nur von unmittelbarer innerer Erfahrung kommen kann, was für die Sufis als Khidr versinnbildlicht ist. Khidr ist die wichtigste Gestalt der Sufis, ist der Archetyp der direkten Offenbarung.

Khidr taucht zum ersten Mal im Qur'ān auf, wo er nicht mit Namen genannt, aber als »einen Unserer Diener, dem Wir Unsere Barmherzigkeit gegeben und Unser Wissen gelehrt hatten« (Sūra 18:65) bezeichnet wird. In dieser Geschichte findet Moses Khidr an der Stelle, »wo die beiden Meere zusammenfließen«. Dieser Ort des Zusammenflusses der beiden Meere ist die Stätte der mystischen Reise »wo der tote Fisch lebendig wird«, wo die spirituellen Lehren zu einer lebendigen Substanz werden, die den Reisenden nährt. Wenn wir unserem Lehrer begegnen, wenn wir dem Pfad begegnen, dann geschieht genau das: Etwas in unserem Herzen und unserer Seele wird lebendig – wir werden genährt, und zwar nicht durch spirituelle Texte oder Unterweisungen, sondern durch unmittelbare Übertragung.[68] Die spirituelle Reise ist ein Weg, mit dieser spirituellen Substanz zu leben und von ihrem Feuer verbrannt und von ihrer Liebe verzehrt zu werden.

Viele Jahre lang auf dem Pfad habe ich mich nach dieser Auslöschung durch die Liebe gesehnt, nach dieser so vollständigen Transformation, dass nichts mehr von mir übrig bliebe. Und mir sind kurze Einblicke in eine Wirklichkeit geschenkt worden, wo das Ego nicht mehr vorhanden ist, wo es kein »Ich« gibt, das seine Geschichte erzählen könnte. Und doch ist in dieser Liebesgeschichte der Seele etwas übrig geblieben, und nach und nach bekam ich eine Ahnung davon, was es mit dem Ort, wo diese Reise stattfindet, auf sich hat, diesem »Ort, wo die beiden Meere zusammenfließen«. Hier, wo das Göttliche und das Menschliche zusammenkommen, ist Khidr immer anzutreffen. Dieses ganze Buch ist ein Versuch zu verstehen, was das heißt: was es für die beiden Meere bedeutet, zusammenzufließen, und was es bedeutet, an dieser Stelle zu leben, wo man einerseits von den Strömungen des Ozeans göttlichen Bewusstseins ergriffen ist und andererseits in dem Meer menschlicher Erfahrung festgehalten wird.

So lange habe ich gerungen, mich von den Fesseln dieser Existenz zu befreien, von den Mustern und Problemen, die mich an diese Welt der Formen banden. Ich praktizierte und meditierte, arbeitete mit dem Licht und versuchte meine Dunkelheit zu überwinden. Mir wurden viele Erfahrungen einer inneren Wirklichkeit gegeben, wo es keine Begrenzungen gibt, einer Landschaft, die ich die »ferneren Küsten der Liebe« genannt habe. Wie viele andere Reisende vor mir bin ich jenseits meiner selbst genommen, ja, manchmal gezogen worden in die Präsenz einer Liebe hinein, in der es kein Gefühl für ein Ich gibt, die ist, wie sie immer war. Und doch ist da noch diese Person, die versucht, diese Geschichte zu erzählen und den Sinn einer Reise zu begreifen, in der ich verloren ging, mich wieder fand und wieder verloren ging. Nun bleibt mir nichts anderes übrig, als die menschliche Dimension von dem zu verstehen, was es heißt, dort zu sein, wo die beiden Meere zusammenfließen.

Vielleicht verstehe ich diese Geschichte erst in den Augenblicken vor dem physischen Tod völlig, wenn dieses menschliche Abenteuer fast vorbei ist. Und doch zieht es mich jetzt aus irgendeinem Grund dahin, etwas mehr von diesem Paradox, das meine Existenz ist, zu begreifen, etwas mehr von diesem Vermischungsort der beiden Meere zu erfassen. Ich weiß, dass mein menschliches Bewusstsein nur ein bisschen vom Göttlichen und Seiner grenzenlosen Natur und den mysteriösen Wegen, wie Es in die Existenz kommt, verstehen kann. Aber ich ahne auch, dass es da ein anderes Geheimnis in meiner wahren Natur als Mensch gibt, als Teil dieser begrenzten Welt der Formen, der Gedanken, Gefühle und Emotionen, und genau dieses Geheimnis versuche ich zu ergründen.

Das Bild der zwei Meere, die zusammenfließen, lässt an zwei Strömungen denken, die zusammenkommen, und solch ein Aufeinandertreffen ist nie leicht, wie jeder weiß, der, sei es auch nur für einen Moment, zum Göttlichen in sich erweckt worden ist. Es mag da am Anfang eine Periode der Gnade geben, eine Zeit des Friedens, der Seligkeit oder der inneren Freude, was mit dem Wiederverbinden mit dem Göttlichen zusammenhängt. Doch darauf folgen immer Turbulenzen und Ungewissheit, die entstehen, wenn die beiden Meere sich begegnen. Dies ist das dem Mystiker nur zu gut bekannte innere Durcheinander, wenn nichts mehr sicher ist, wenn die Muster, die unsere menschliche Existenz definieren, von den machtvolleren Strömungen des göttlichen Meeres in Mitleidenschaft gezogen werden, von dieser gewaltigen Dünung, die aus dem Jenseits kommt. Wir werden in diese Meere gespült und dann wieder weiter zurück in die Binnengewässer unserer Person. Häufig braucht es all unsere Entschlossenheit, an der Oberfläche zu bleiben und nicht nach Luft ringend unterzugehen. Aus diesem Grund mahnen die Sufi-Meister oft, sich fern zu halten von dieser Liebe – sie ist gefährlich, unberechenbar und zerstörerisch. Sie ist nichts für die Furchtsamen oder für jene, die die Sicherheit einer konkreten Welt brauchen.

Viele Jahre wird dann der Reisende von den mächtigen Strömen des unermesslichen Ozeans der Liebe, von Chaos und Verwirrung umhergeworfen, »die finstere Nacht, die Furcht vor den Wellen, der schreckenerregende Strudel«. Wir finden uns, oft ohne zu wissen, wie uns geschieht, von der Liebe in all ihrer Heftigkeit und ihrem Mysterium umgeben. Das ist die Liebe, die uns in die Tiefen zieht, die uns wieder und wieder zu ertränken scheint. Und doch kehren wir stets zu einem Bruchstück unserer selbst zurück. Wir tauchen wieder auf, halten Ausschau nach seichterem Wasser, einem Boden, der fest unter unseren Füßen ist. Und wir bringen Bilder von unserem Abenteuer mit, Träume von einer Perle, nach der wir gesucht haben, oder von einem Abgrund, der immer darauf wartet, dass wir uns hineinstürzen. Dies sind unsere Geschichten von unserer Reise, unsere Gedichte an uns selbst. Wir versuchen uns davon zu überzeugen, dass wir nicht verrückt sind, dass dies eine überschaubare Reise in Etappen und mit Stationen entlang des Weges ist. Und doch wissen wir in unserem Bauch, dass nichts gewiss ist außer der Angst und der Unsicherheit.

Warum können wir uns nicht einfach dieser Liebe hingeben, dieser Gewalt? Warum kämpfen wir, warum versuchen wir uns davor zu schützen, warum schwimmen wir gegen den Strom? Auch das gehört zum menschlichen Drama – die Zweifel und die Not, die Wut, die von tief innen kommen kann. Es ist nicht leicht, sich hinzugeben, sich zu überlassen. Wir sind nicht so geschaffen. Es braucht Zeit, sich vor Gott niederzuwerfen. Und wir müssen uns wieder und wieder niederwerfen, immer dann, wenn wir am verwundbarsten sind. Und doch wird aus diesem Geschundensein durch die Liebe etwas geboren – eine Stille, ein Zustand des Seins, eine Sanftheit, die zu der Liebe Süße gehört. Es gibt so viele Weisen, wie das Göttliche in uns lebendig wird. Diese innere Alchemie ist das Versprechen des Herzens: Bleiben wir an dem Ort, wo die beiden Meere zusammenfließen, werden wir gewandelt, wird die Liebe uns ihre Geheimnisse offenbaren, Geheimnisse, die sowohl menschlich wie auch göttlich sind.

Die göttlichen Geheimnisse sind in vielerlei Weise deutlicher: die Erfahrung der Einheit, und zwar die Einheit allen Lebens wie auch die Einheit mit unserem Geliebten, die Grenzenlosigkeit der Liebe, ihre berauschende Seligkeit, der innere Friede, den sie schenken kann, das Mitgefühl. Es gibt viele Qualitäten unserer göttlichen Natur. Wie aber steht es um die menschlichen Geheimnisse, die offenbart werden? Was wird uns über das Meer unserer selbst gezeigt? Ja, da ist die Alltäglichkeit des Lebens, die uns zurückgegeben wird, die Einfachheit von »Holz hacken und Wasser holen«. Traditionell erscheint Khidr in ganz gewöhnlicher Gestalt und wird oft erst im Nachhinein erkannt: der Fischer, den wir auf der Brücke treffen, das Kind, das uns anlächelt. Und in diesen gewöhnlichen Momenten verschwindet jedes Bild unserer Person mit ihren Schwierigkeiten oder Problemen, und wir erfahren das Leben mit einer Frische, die dem Augenblick angehört – vielleicht erhaschen wir das Lachen, das im Herzen der Dinge ist. Wir sind dann wirklicher lebendig.

Ich würde gerne sagen, dass dies die ganze Geschichte ist – diese Rückkehr zur Einfachheit unserer selbst. Das hat die Qualität von Rückkehr in den Garten Eden, ein Zurückerobern der Unschuld einer Kindheit, die wir so vielleicht nie hatten. Da gibt es kein Urteilen, nur reine Bewusstheit und oft Freude. Den Vögeln im Flug zuzuschauen, zu sehen, wie ein Blatt im Wind fällt – da erfahren wir das Leben als völlig gegenwärtig. Mir sind solche Momente geschenkt worden, die, wie ein Feuer im Winter, Wärme und Licht spenden. Aber was ist mit der Person, die die Reise gemacht hat? Haben sich all jene Geschichten einfach im Sonnenglanz verloren? Bleibt von dem Reisenden überhaupt etwas übrig? Ich bin zu der Überzeugung gelangt, dass es, auch wenn sich jedes Bild unserer selbst wie Tau aufgelöst hat, immer noch eine Geschichte gibt, die einen Sinn und eine Bedeutung hat. Die Liebesreise bringt viele Narben mit sich, oft Narben im Herzen, und sie wachsen sich nicht alle aus, auch wenn das ursprüngliche Leid nachgelassen hat. Sie berichten uns etwas darüber, was es heißt, menschlich zu sein, an der Stelle zu stehen, wo die beiden Meere zusammenfließen, und zu sehen, wie der tote Fisch lebendig wird. Und doch gehören diese Geschichten zu keiner Vergangenheit, weil es in Momenten wirklicher Erfahrung keine Zeit gibt, nur den kurzen Augenblick, der ist. Sie sind einfach Teil von dem, was ist. Sie sind ein wesentlicher Teil unserer menschlichen mystischen Erfahrung, dem tiefsten sich Kennen.

So lange habe ich versucht, meine Person zurückzulassen, sie auszurangieren wie das Wrack eines alten Autos. Aber es ist immer etwas geblieben und hat mich zurückgerufen. Wieder und wieder habe ich mich bemüht, ihr zu entrinnen, sie mit Liebe zu läutern, mit Licht aufzulösen. Doch ist sie geblieben, als müsste ihre Geschichte erzählt, ihre Bedeutung freigelegt werden. Und an der Stelle bin ich derzeit, verwundert und traurig und mit dem Wissen, dass es einen Teil meiner eigenen Geschichte gibt, der noch wartet. Es ist nicht mehr die Geschichte des Ringens und der Transformation, des Schmerzes der Trennung und der Seligkeit der Vereinigung. Und doch trägt sie die Erinnerung dieser Zustände. Sie trägt auch einen Hinweis, dass wir immer von unserem Geliebten getrennt sind, immer Diener zu Seinen Füßen, auch in dem tief inneren Wissen, dass Trennung eine Illusion und alles eins ist.

Wer also ist diese Person, die an dieser Stelle gegenwärtig ist, deren Licht Teil des Lichts Gottes ist, auch wenn ich es in meinem eigenen kleinen Leben leben muss? Was geschieht wirklich, wenn die beiden Meere zusammenfließen? Vermischen und vereinigen sie sich zu einem Wasser oder behält jedes Meer seine Eigenschaften? Erzählt das eine von einem grenzenlosen Ozean und das andere von einer normalen menschlichen Erfahrung? Wie kommen sie in mir zusammen und welche Geschichte erzählen sie dann?

Als Moses Khidr an dieser Stelle traf, fragte er: »Darf ich dir folgen, damit du zu meiner Rechtleitung mich manches von dem lehrst, was dir gelehrt worden ist?« (Sūra 18:66) Aber Khidr sagte, dass Moses es nicht ertragen würde, mit ihm zusammen zu sein, denn »Wie könntest du auch mit etwas Geduld haben, was du nicht begreifst?« (18:68) Dreimal versuchte Moses Khidr zu folgen, bis er sich von ihm trennen musste, weil er dessen Handlungen nicht ertragen konnte. Auf dieser Reise hat es den Anschein, als müssten das Menschliche und das Göttliche getrennte Wege gehen, und doch gehört es zum Pfad des Mystikers zu ertragen, was wir nicht verstehen können, zu folgen, ohne zu wissen, warum. Unmittelbare Erfahrung kann dem rationalen Teil in uns nicht erklärt werden. Wir müssen unseren Moses am Rande des Wassers hinter uns lassen. Und gleichzeitig gibt es doch dieses menschliche Selbst, das die Reise mit Khidr unternimmt und nicht fragt oder zu verstehen sucht. Und das ist das menschliche Selbst, das bleibt.

Und durch dieses Selbst wird etwas offenbart, das der größeren Dimension unseres Wesens verborgen ist. Das sind nicht einfach nur das Ringen und die Verwirrung, die Sehnsucht und die Liebe, das sich Preisgeben und der Versuch einer Hingabe. Das ist noch nicht einmal die einfache Bewusstheit des Moments, in der man die Welt mit offenem Auge sieht. Unser menschliches Selbst ist in der Lage, etwas über dieses Zusammenkommen von Menschlichem und Göttlichem zu erfahren – ein Begegnen, das jeden Augenblick in jedem unserer Atemzüge geschieht und doch so rasch von den Mustern des Daseins, von dem Spiel der Farben und Formen, das wir Leben nennen, verdeckt wird. Jeden Augenblick kommt das Göttliche in die Existenz, und jeden Augenblick wird das Geheimnis in dem Moment, wo es sich offenbart, sogleich wieder verhüllt. Das vollzieht sich schneller als ein Herzschlag und wird so leicht übersehen. Man kann es nur erkennen, wenn man an dem Ort ist, wo die beiden Meere zusammenfließen, wo das Göttliche und das Menschliche zusammenkommen. Wenn man nur auf das Göttliche schaut, ist das Licht zu strahlend, um das zu sehen. Und ist man in den Dramen des Menschseins gefangen, ist man zu langsam, um es zu bemerken.

Dieses Geheimnis ist in jedem Augenblick gegenwärtig. Das ist ein Moment göttlicher Absicht, ein Funke göttlichen Wollens, das zugleich unsere Absicht, unser Wollen ist. Es wird gesagt, dass jeder von uns eine einzigartige göttliche Absicht in sich trägt, eine Note der Seele, die nur wir allein spielen können. Und diese einzigartige Note kann nur in dieser Welt gespielt werden, innerhalb von Zeit und Raum, innerhalb der begrenzten Welt der Formen. In den inneren Welten, die sich jenseits des Horizonts ausdehnen, gibt es eine andere Musik, gibt es herrliche himmlische Klänge. Aber hier in dieser Welt hat jeder von uns einen Ruf, einen Sinn, und es sieht so aus, als wäre der größte Teil der Lebensreise der Versuch, diesen Sinn zu leben, diese Note zu spielen. Das ist der größte Beitrag, den wir leisten können.

Wir alle haben die Sehnsucht, diesen Sinn zu leben, »finde den Sinn und mach den Sinn zu deinem Ziel«. Das ist es, was uns zu unserer Reise durchs Leben auffordert, und für manche Menschen wird dieser Sinn, wenn sie Glück haben, durch die Ereignisse in ihrem Leben hervorgebracht, einem Leben, das dann zutiefst sinnvoll und erfüllt wird. Sie leben diese Absicht ihres Lebens. Natürlich kann man leicht abgelenkt werden und sich in den Illusionen dieser Welt, in ihren Vergnügungen und ihrem Leid verstricken. Dann verlieren wir den Kontakt mit unserem einzigartigen Sinn, und das Leben wird allmählich immer sinnloser, wie sehr wir es auch mit Ablenkungen zu füllen suchen. Für manche Menschen bietet das spirituelle Leben einen Weg, diesen Sinn wieder zu finden, sich mit dieser Absicht wieder zu verbinden. Doch auch das hat seine ganz eigenen Ablenkungen wie zum Beispiel Illusionen von Licht oder »spiritueller Entwicklung«. Es gibt vielfältige Möglichkeiten, sich auch in jener Welt zu verlieren.

Doch unter diesem Spiel der Ereignisse, der Suche nach Sinn und Absicht, dem Verlieren und Finden liegt dieses einfache Zusammenkommen von Göttlichem und Menschlichem: die göttliche Absicht, die menschliche Form annimmt. Darum geht es an dem Ort, wo die beiden Meere zusammenkommen – das ist die Bedeutung von Khidr, der als ganz normale Person erscheint. Denn es gehört zu den größten Geheimnissen, dass es eine göttliche Absicht gibt, die nur in dieser Welt der Formen offenbart werden kann, und wir als Menschen diese Absicht in unseren Herzen und im Licht unseres Bewusstseins tragen. Wir tragen das Licht des Göttlichen, wie es in die Existenz kommt; die Welle des göttlichen Meeres trifft in uns auf die Welle des menschlichen Meeres. Wir sind die in die Manifestation gebrachte göttliche Absicht. Das ist die verborgene Liebesgeschichte der Welt, die die Sufis das Geheimnis des Wortes »*Kun*!« (»Sei!«) nennen.

All das Ringen und Suchen nach Sinn nimmt einen zu diesem Ort, zu diesem Zusammenkommen, das wieder und wieder in jedem Augenblick geschieht. Die Strömungen des Göttlichen kommen, uns zu begegnen, und wir kommen, dem Göttlichen zu begegnen. Und in dieser Begegnung verschmelzen wir und sind eins, wie zwei Wellen, die zusammenkommen und doch getrennt bleiben, denn – wie Ibn 'Arabī uns erinnert, »ist der Diener immer der Diener und der Herr immer der Herr«. Das ist die Hoffnung und der Schmerz des Mystikers: Wir sehnen uns danach, in den grenzenlosen Ozean der Liebe zurückzukehren, uns wiederzuvereinigen mit der QUELLE. Und doch müssen wir hier in die physische Welt der Vielfalt zurückkehren, um die einzigartige Note unseres Seins zu spielen. Wir müssen respektieren, was es heißt, ein Mensch zu sein, auch wenn wir erfahren haben, was es bedeutet, in der Liebe aufgelöst zu sein.

Meine Reise hat mich dahin gebracht zu leben, wo die beiden Meere zusammenfließen. Ich kenne das Nichts, die primäre Leere, die in jedem Atom und jedem Atemzug ist. Ich kenne die Seligkeit der Versunkenheit und was es bedeutet, in »die dunkle Stille, wo alle Liebenden sich selbst verlieren«, gezogen zu werden. Und ich kenne auch den Schmerz der Rückkehr und das Akzeptierenmüssen der Begrenzungen meines alltäglichen Selbst, kenne die einfachen Freuden und Leiden des Menschseins, die üblichen Dramen, die wir alle aufführen. Offenbar ist es meine Geschichte, diese scheinbaren Gegensätze zu halten. Ich erinnere mich an die Zeilen, die ich vor fast vierzig Jahren schrieb, kurz nachdem ich zum Pfad gekommen war: »Ich bin erfasst von den Spiralen der Unendlichkeit, und doch gehalten in der Gegenwart der Zeit.« Das hat immer zu meiner Reise gehört, zu der Bestimmung, die ich zu leben aufgefordert worden bin. Jetzt, nach so vielen Jahren, verstehe ich ein bisschen mehr. Hoffentlich habe ich gelernt, das zu akzeptieren.

Hier, wo die beiden Meere zusammenkommen, finde ich ein Licht, das meine Aufmerksamkeit auf sich zieht. Es ist ein Licht, das eine Intention beinhaltet, eine Absicht, die sich nicht definieren lässt, sondern einfach ist. An dem Ort zu sein, wo die beiden Meere zusammenfließen, heißt für mich, dieses Licht zu halten, diese Absicht zu verkörpern. Diese Intention hat eine Reinheit, die zum Jenseits, eine Absicht, die zu meinem Geliebten gehört. Und sie wird im Herzen gehalten, einem Herzen, das Leiden und Hingabe kennt, das mit dem Blut des Lebens schlägt und auch das Bewusstsein des Göttlichen in sich trägt. Das ist für mich da, wo Sinn ins Dasein tritt, wo die Geschichte, die ich mein Leben nenne, sich weiter entfaltet.

Hat man erst einmal den Ozean der Liebe Einheit erfahren, ist dies im Blut. Er ruft einen fortwährend, manchmal von Ferne und manchmal von so nah, dass man seine Gegenwart spüren kann. Er ist wie ein Liebhaber, nach dem man sich immer sehnt. Dann ist es so einfach, in der Liebe verloren zu gehen, im Licht aufgelöst zu werden. Zu bleiben dagegen ist nicht so leicht. Manchmal zerreißt es einem das Herz. Doch nur in dem Augenblick der menschlichen Erfahrung zwischen dem Einatmen und dem Ausatmen wird dieses Licht der Absicht manifest. Und dieses Licht, das in die Welt kommt, das sich in jedem von uns offenbart, ist die Liebesgeschichte des Geliebten. Diese Liebesgeschichte zu leben, heißt für mich, gegenwärtig zu sein, wo die beiden Meere zusammentreffen, und diese Spannung, dieses Paradox zu halten. Hier, an der Stelle der Begegnung des grenzenlosen Ozeans göttlicher Liebe mit der Zerbrechlichkeit meines menschlichen Selbst, in meinem Herzen, Verstand und Körper, wird Seine Liebesgeschichte erzählt – mir erzählt, für mich und durch mich. Und was kann ich anderes mit meinem Leben tun als diese Liebesgeschichte meines Geliebten zu leben? Das übrig gebliebene Bruchstück meines persönlichen Selbst ist nur ein Bruchstück Seiner Liebesgeschichte – das ist, was bleibt. Nur ein Fragment einer Liebesgeschichte.

Der Geliebte gab mir etwas Staub aus seinem Hof.
Warum verströmst du diesen Wohlgeruch, o Staub?
Ich bin nur Staub, auf den die Leute treten,
Aber ich durfte teilhaben am Duft im Hof eines Heiligen.
Loben die Leute dich also,
Dann sag, du seiest in der Nähe einer Blume gewesen,
Doch du seiest gewöhnlicher Staub
Und verdankst alles Seinen Lotusfüßen.[69]

Persisches Gedicht

Anmerkungen

Eröffnung und Einführung

1 **Fakhruddīn 'Irāqī**, *Divine Flashes*,
übers. von William Chittick und Peter Lamborn Wilson, S. 111

2 Ich verwende die Bezeichnung »Gott« nicht in Bezug auf eine anthropomorphe Vaterfigur, sondern auf eine alldurchdringende, allgegenwärtige WIRKLICHKEIT, die einerseits immanent (»näher als die eigene Halsschlagader« Qur'ān 50:16) und andererseits transzendent (»sogar jenseits unserer Vorstellung von Jenseits«) ist.

3 Der Zen-Ausspruch:
Die Wildgänse haben nicht die Absicht, ihr Spiegelbild zu werfen,
Das Wasser hat nicht vor, ihr Abbild zu empfangen.

4 Siehe: *The Face Before I was Born: A Spiritual Autobiography*.
2. Auflage 2009, The Golden Sufi Center

5 **Fakhruddīn 'Irāqī**, *Divine Flashes*, S. 99

1. Staub zu seinen Füßen

6 Zit. nach **Mohammad Shāfii**: *Freedom of the Self*, S. 45.
Andere Sufis äußern sich ähnlich über die Notwendigkeit eines Lehrers zu Beginn der Reise:
Abū'l-Hasan 'Ali al-Kharaqānī sagt:
»Zu Beginn musst du zwei Dinge tun. Das eine ist zu reisen, und das andere ist, dass du einen Lehrer nimmst.«
Zit. nach **Abū Sa'īd ibn Abī'l-Khayr**: *The Secret of God's Mystical Oneness*, übers. von John O'Kane, S. 120.
Und **Rūmī** sagt: »Suche einen Meister, denn ohne ihn ist diese Reise voller Drangsal, Ängste und Gefahren. Ohne Begleitung wärst du verloren auf einer Straße, die du bereits betreten hast. Reise nicht allein auf dem Pfad.«

Mathnawī, I, 2943-45, zit. in: **Eva de Vitray-Meyerovitch:** *Rumi and Sufismus*, S. 117.

7 Irina Tweedie wurde von ihrem Shaikh Bhai Sahib so geschult, dass sie nach seinem Tod in der Meditation Kontakt zu ihm aufnehmen konnte. Sie beschreibt, wie sie das eines Nachts im Himalaja zum ersten Mal erfuhr: »Jetzt ist er nur noch eine enorme Kraft, die in den Augenblicken des Nicht-Seins erreicht werden kann … ein Zentrum Seligkeit spendender Energie, eine Antwort auf meinen Hilferuf … Wie konnte ich in der Vergangenheit nur denken, dass er mich betrogen, mich getäuscht hat, dass ich als Waise zurückblieb und ihn nie erreichen würde? Dabei hat er mir den Weg gezeigt, wie ich über die Göttliche Liebe mit ihm in Verbindung zu treten vermag.« *Der Weg durchs Feuer*, S. 987.

8 Ich bezeichne Irina Tweedie oder Mrs. Tweedie, wie sie genannt werden wollte, als meine Lehrerin, denn sie ist es, die mich auf der äußeren Ebene so viele Jahre geführt hat, und ich erfahre noch immer ihre Führung und Hilfe bei der Arbeit. Aber ihr Shaikh, der Sufi-Meister Radha Mohan Lal, den sie Bhai Sahib (älterer Bruder) nennt, ist mein Shaikh, mit dem ich eine alte Seelenverbindung von Leben zu Leben habe. Obwohl ich ihm nie in der physischen Welt begegnet bin, ist er doch derjenige, dem ich über Leben und Tod hinaus angehöre. Er ist immer mit mir. Im Sufismus heißt eine Verbindung mit einem Meister, der nur auf der spirituellen Ebene existiert, *Uwaysī*. Sie gehört besonders zur Naqshbandi-*Tariqa*.

9 **Irina Tweedie:** *Der Weg durchs Feuer*, S. 345.

10 Ebd. S. 614

2. Die Kammern des Herzens

11 *A Treatise on the Heart*, übers. von Nicholas Heer, in *Three Early Sufi-Texts*, S. 45.

12 Ein **Naqshbandi**-Ausspruch. »Die Reise heimwärts« ist das dritte der Elf Naqshbandi-Prinzipien. Siehe www.goldensufi.org deutsch.

13 **Al-Jīlānī:** *The Secrets of Secrets*, hrsg. von Tosun Bayrak, S. 15

14 Die verschiedenen Sufi-Handbücher beschreiben eine unterschiedliche Anzahl von subtilen Herzenszentren – *latā'if* – vier, fünf, sechs und sogar sieben. Sufi-Lehrer haben spezifische Methoden für den Zugang zu den verschiedenen *latā'if* entwickelt, z.B. den Gebrauch des *dhikr*, Atemtechniken und Visualisierungen. Die einzelnen

latā'if wurden auch unterschiedlichen Körperteilen zugeordnet.

15 **Irina Tweedie**: *Der Weg durchs Feuer*, S. 119

16 Übers. von Vraje Abramian, unveröffentlicht.

17 **Rūmī**: *Light upon Light*, übers. von Andrew Harvey, S. 103.

18 zit. nach **Annemarie Schimmel**: *As Through a Veil*, S. 32.

19 **Henry Corbin**: *Die Smaragdene Vision, Der Licht-Mensch im persischen Sufismus*, S. 99f.

20 **Irina Tweedie**: *Der Weg durchs Feuer*, S. 109.

21 **Fakhruddīn 'Irāqī**: *Divine Flashes*, S. 111.

22 Zit. nach **Massignon**: *The Passion of al-Hallāj*, Bd. 3, S. 47

23 **Farīd al-Dīn 'Attār** in: *The Ocean of the Soul*, übers. von Hellmut Ritter und John O'Kane, S. 555.

24 Einige Sufis sagen, dass einem, um in diese Kammern des Herzens gebracht zu werden, um den Übergang von der Welt der Dualität in die Welt der Einheit zu machen, eine Substanz gegeben werden muss, die sie *Sirr* nennen. Diese Substanz wird durch die Gnade des Shaikhs und durch das Geheimnis der spirituellen Transmission (Übertragung) von Herz zu Herz gegeben.

25 Zit. nach **Massignon**: *The Passion of al-Hallāj*, Bd. 3, S. 42.

26 **Sa'd al-Dīn Hamawī** in: *Love's Alchemy. Poems from the Sufi Tradition*, übers. von David und Sabrineh Fideler, S. 127.

27 **Qur'ān** 2:115

28 **Mīr Dard**, zit. In **Annemarie Schimmel**: *Mystische Dimensionen des Islam*, S. 410

29 *Hadīth Qudsī*.

30 **'Ayn'l-Qudāt Hamadhānī** in: *The Ocean of the Soul*, S. 493.

31 Zit. nach **Massignon**: *The Passion of al-Hallāj*, Bd. 3, S. 42.

32 Das ist ähnlich der non-dualen Kontemplation der Buddhisten: »Den absoluten Zustand, den Urgrund unseres Seins direkt zu schauen, ist die Sicht [...] Nichts weniger als den tatsächlichen Seinszustand der Dinge, ihre Soheit, zu schauen, zu wissen, dass die wahre Natur unseres Geistes die absolute Wahrheit ist [...]« **Sogyal Rinpoche**: *Das Tibetische Buch vom Leben und Sterben*, S. 186f.

33 *Abdullah Ansari of Herat*, übers. von A.G. Ravan Farhādi, S. 110.

34 **Rūmī**: *Light upon Light*, übers. von Andrew Harvey, S. 173.

35 **Abū Sa'īd** in: *The Ocean of the Soul*, S. 605.

36 **Irina Tweedie**: *Der Weg durchs Feuer*, S. 907.

37 **Farīd al-Dīn 'Attār** in: *The Ocean of the Soul*, S. 612.

4. Was heißt es, Lehrer zu sein?

38 Siehe Fussnote 8 zur Erklärung des Unterschieds in der Beziehung zu meiner Lehrerin, Irina Tweedie, und meinem Shaikh, Radha Mohan Lal.

39 In einem Traum, den ich hatte, kurz nachdem ich diese Arbeit begonnen habe, sagte eine Stimme: »Ich bin gehängt worden im Hause Gottes.«

40 Evangelium des **Johannes** 20:16

41 Der Lehrer ist wie ein »Fährmann«. **Bahā ud-Dīn Naqshband** sagte: »Wir sind die Mittel zum Erreichen des Ziels. Es ist notwendig, dass sich die Sucher von uns entfernen und nur an das Ziel denken.« Zit. nach **J.G. Bennett**: *Die Meister der Weisheit*, S. 217.

42 Der Tradition nach »findet der Lehrer den Schüler«, und während der Jahre, in denen ich in Amerika umherreiste, Vorträge hielt und Seminare gab, traf ich jene Menschen, die eine innere Verbindung zu diesem Sufi-Pfad haben. Diese Menschen spürten diese Verbindung und kamen und sprachen während oder nach der Veranstaltung darüber, wie sie diesem Pfad intensiver folgen könnten. Jetzt, da der Pfad sichtbarer geworden ist, werden die Leute über Bücher, Artikel und das Internet von diesem Pfad angezogen.

43 Es gibt auch Gruppen in anderen Teilen der Welt, Südafrika, Australien, Argentinien, wie auch einzelne Menschen, die diesem Pfad folgen und in den verschiedenen Ländern verstreut sind.

44 Es ist wichtig, zwischen einer Religion mit ihren exoterischen Lehren und ihrer Doktrin und einer spirituellen Tradition, die eine esoterische, innere Dimension aufweist, zu unterscheiden. Amerika hat einen in der Verfassung verankerten Respekt für religiöse Freiheit, aber wenig Verständnis oder Wertschätzung für spirituelle Traditionen, deren Schulungen und Praktiken und die Bedeutung innerer Arbeit anstelle starrer Glaubensregeln.

45 **Irina Tweedie**: *Der Weg durchs Feuer*, S. 86

46 Ebd. S. 894.

47 In der Zeit ging ich auf eine Vortragsreise nach Australien, und als ich dort ankam, war ich geschockt, festzustellen, dass die Wolke, die meine spirituelle Arbeit verhüllt hatte, hier nicht mehr vorhanden war. Plötzlich war da klarer Sonnenschein und strahlendes Licht. Zum ersten Mal seit Jahren erlebte ich wieder die Präsenz tiefer

Freude und Leichtigkeit. Als ich nach Amerika zurückflog, erfuhr ich erneut die Wolken, die die spirituelle Sonne bedeckten.

48 Für weitere Informationen über die Beziehung zwischen individueller spiritueller Praxis und globaler Transformation und über die Rolle des spirituellen Bewusstseins zur Unterstützung der Entwicklung der Welt siehe:
Llewellyn Vaughan-Lee: *Awakening the World: A Global Dimension to Spiritual Practice*. Siehe dtsch.: *Das Licht des Herzens* aus diesem Buch auf der deutschen Seite von www.goldensufi.org.

5. Wer macht die Reise?

49 **'Ayn 'l-Qudāt Hamadhānī** in: *The Ocean of the Soul*, S. 493.

50 **Farīd al-Dīn 'Attār**: *The Conference of the Birds*,
übers. von Afkham Darbandi und Dick Davis, S. 219.

51 Ebd. S. 219-220.

52 Ebd. S. 229.

53 **Shāh Ne'matollah** in: *The Drunken Universe*, S. 96.

54 **Mīr Dard**, zit. nach **Annemarie Schimmel**: *Pain and Grace*, S. 193

55 **Fakhruddīn 'Irāqī** in: *The Ocean of the Soul*, S. 498.

56 **Fakhruddīn 'Irāqī**: *Divine Flashes*, S. 120.

57 Zit. aus **William Chittick**: *The Sufi Path of Knowledge*, S. 365.

7. Die Meditation und das »Ich«

58 **Fakhruddīn 'Irāqī**: *Divine Flashes*, S. 127.

59 Das Ich, das berichtet, ist nicht das Ego, sondern der Zeuge (*shāhid*) oder das beobachtende Selbst. Es hat eine Qualität des Losgelöstseins, die vom SELBST kommt.

60 Psychologisch gesehen ist das Ego-Ich nicht länger das Zentrum des Bewusstseins, sondern ordnet sich als Teil des Mandalas des SELBST ein.

61 *The Life, Personality and Writings of Al-Junayd*,
übers. von Abdel-Kader, S. 90.
Siehe **Llewellyn Vaughan-Lee**: *The Circle of Love*. S. 141-152 für eine umfassende Untersuchung dieses Zustands.

62 »Abwesend und zugleich gegenwärtig zu sein, bedeutet fortwährende Anstrengung für das Selbst«. Zit. aus: *The Life, Personality and Writings of Al-Junayd*, übers. von Abdel-Kader, S. 91.

63 Dieser Zustand wird manchmal »Die Zweite Trennung« genannt. Mit den Worten **Junayds:**
»Nach der Vereinigung mit Ihm trennt Er sie von Ihm (und gewährt ihnen wieder ihre Individualität).«
Zit. aus: *The Life, Personality and Writings of Al-Junayd*, S. 90.

64 Ich sollte anmerken, dass dies nicht immer geschieht und es Meditationen gibt, bei denen der Verstand und das Ego weiter mit Dingen und Gedanken befasst sind. Doch zugleich ist da immer das Gefühl, dass hinter ihrer Aktivität etwas Tieferes, Weiteres präsent ist.

65 Es gibt Energien, die zur physischen Welt und ihren elementaren Kräften zählen und zu unserer Inkarnation gehören. So ist z.B. das eigene »Krafttier« eine direkt mit dem Tierreich in Verbindung stehende innere Energie.

66 Das Licht im Ego-Ich zieht uns zu den Erfahrungen hin, die unsere Seele braucht, obgleich wir auch in den niederen Begierden des Ego-Ich, in seinem Schatten, seinen Konditionierungen und anderen Dynamiken gefangen werden. Das Labyrinth des Lebens kann uns zum Zentrum von uns selbst führen oder uns verloren gehen lassen.

67 Ich mag noch immer Schweizer Schokolade und Käse, liebe es, früh am Morgen draußen zu laufen, und höre gern Bach und Mozart. Ich mag keine Menschenansammlung und kein Telefon.

8. Wo die beiden Meere zusammenfließen

68 Das berühmteste Beispiel dafür ist Rūmīs Begegnung mit Shams, als der Theologie-Professor sich von seinen Büchern trennte, um einer der geliebtesten Mystiker der Welt zu werden.

Schlußseite

69 Pers. Gedicht, zit. aus **Irina Tweedie:** *Der Weg durchs Feuer*, S. 614.

Bibliographie

Abdullah Ansari of Herat: *An Early Sufi Master,*
übers. von A.G.Ravan Farhādi. London (Routledge), 1996.
'Attār, Farīd al-Dīn in: *The Ocean of the Soul,*
übers. von Hellmut Ritter und John O'Kane. Boston (Brill), 2003.
– *The Conference of the Birds,*
übers. von Afkham Darbandi und Dick Davis.
London (Penguin), 1984.
Abū Sa'īd ibn Abī'l-Khayr: *The Secret of God's Mystical Oneness,*
übers. von John O'Kane. Costa Mesa, CA (Mazda Publishers) 1992
Bennett, John G.: *The Masters of Wisdom.*
London (Turnstone Press) 1977.
– deutsche Ausgabe: *Die Meister der Weisheit.*
Südergellersen (Verlag Bruno Martin) 1993.
Chittick, William C.: *The Sufi Path of Knowledge.*
Albany (State University of New York Press) 1989.
Corbin, Henry: *The Man of Light in Iranian Sufism.*
London (Shambhala Publications) 1978.
– deutsche Ausgabe: *Die Smaragdene Vision,*
übers. von Annemarie Schimmel. München (Diederichs) 1989.
Fakhruddīn 'Irāqī: *Divine Flashes,*
übers. von William C. Chittick und Peter Lamborn Wilson.
New York (Paulist Press) 1982.
Fideler, David und **Sabrineh:** *Love's Alchemy.*
Novato, CA (New World Library) 2006.
Heer, Nicholas, hrsg. von.: *Three Early Sufi Texts.*
Louisville (Fons Vitae) 2003.
Jīlānī, al-: *The Secrets of Secrets,*
interpretiert von Tosun Bayrak al-Jerrahi al-Halveti.
Cambridge (Islamic Text Society) 1992.

Junayd, al-: *The Life, Personality and Writings of al-Junayd,*
übers. von Ali Hassan Abdel-Kader. London (Luzac& Co) 1976.
Massignon, Louis: *The Passion of al-Hallāj.*
Princeton (Princeton University Press) 1982.
Rūmī: *Light Upon Light,*
übers. von Andrew Harvey.
Berkeley, CA (North Atlantic Books) 1996.
Shāh Ne'matollāh in: *The Drunken Universe,*
übers. u. kommentiert von Peter Lamborn Wilson
und Nasrollah Pourjavadi. Grand Rapid, Mich. (Phanes Press) 1987.
Shafii, Mohammad: *Freedom of the Self.*
New York (Human Sciences Press) 1985.
Sogyal Rinpoche: *The Tibetan Book of Living and Dying.*
San Francisco, CA (Harper One) 1992.
– deutsche Ausgabe: *Das Tibetische Buch vom Leben und Sterben.*
München (O.W. Barth) 1993.
Schimmel, Annemarie: *Mystical Dimensions of Islam.*
Chapel Hill (University of North Carolina Press) 1975.
– deutsche Ausgabe: *Mystische Dimensionen des Islam.*
Die Geschichte des Sufismus. Köln (Diederichs) 1985.
– *Pain and Grace.* Leiden (E.J. Brill) 1976.
Tweedie, Irina: *Daughter of Fire.*
A Diary of a Spiritual Training with a Sufi Master.
Point Reyes, CA (The Golden Sufi Center).
– deutsche Ausgabe: *Der Weg durchs Feuer.*
Tagebuch einer spirituellen Schulung durch einen Sufi-Meister.
Interlaken, CH (Ansata Verlag) 1988.
Vitray-Meyerovitch, Eva de: *Rūmī and Sufism.*
Sausalito, CA (The Post-Apollo Press) 1987.

Danksagung

Für die Abdruckerlaubnis verschiedener Texte dankt der Autor: Paulist Press für Auszüge aus *Fakhruddin Iraqi: Divine Flashes* aus der Reihe The Classics of Western Spirituality, übersetzt und mit einer Einführung von William C. Chittick und Peter Lamborn Wilson, Copyright © 1982, 2011 by Paulist Press, Inc., New York/ Mahwah, NJ, www.paulistpress.com; David und Sabrineh Fideler für Auszüge aus *Love's Alchemy: Poems from the Sufi Tradition*, übersetzt von David und Sabrineh Fideler, Copyright © 2006 by David und Sabrineh Fideler, veröffentlicht von New World Library; Brill Academic Publishers für Auszüge aus *The Ocean of the Soul: Man, the World, and God in the Stories of Farid al-Din Attar*, herausgegeben von Hellmut Ritter, in der Übersetzung von John O'Kane unter Mithilfe von Bernd Radtke, Copyright © 2003 Koninklijke Brill, NV, Leiden, Niederlande, veröffentlicht von Brill Academic Publishers; und Penguin Books Ltd., für die Erlaubnis, zwölf Zeilen aus *The Conference of the Birds* von Farid ud-Din Attar zu zitieren (S. 219, 220, 229 der amerik. Ausgabe), übersetzt von Afkham Darbandi und Dick Davis, Copyright © 1984 by Afkham Darbandi und Dick Davis, veröffentlicht von Penguin Classics.

Über den Autor

Llewellyn Vaughan-Lee, Dr. phil., ist ein Sufi-Lehrer des Naqshbandiyya-Mujaddidiyya-Sufi-Ordens. Er wurde 1953 in London geboren und folgt dem Naqshbandi-Sufi-Pfad seit seinem 19. Lebensjahr. 1992 wurde er der Nachfolger von Irina Tweedie, der Autorin von *Der Weg durchs Feuer: Tagebuch einer spirituellen Schulung durch einen Sufi-Meister*. Im selben Jahr zog er nach Nordkalifornien und gründete The Golden Sufi Center (www.goldensufi.org.) Er hat zahlreiche Bücher verfasst und sich auf dem Gebiet der Traumarbeit spezialisiert, wobei er die alte Sufi-Methode der Traumdeutung mit den Erkenntnissen der Psychologie C.G. Jungs verbindet. Seit dem Jahr 2000 liegt der Schwerpunkt seines Schreibens und Lehrens auf der spirituellen Verantwortung in unserer gegenwärtigen Zeit des Übergangs und dem erwachenden globalen Bewusstsein der Einheit. In letzter Zeit hat er über das Weibliche und die *Anima Mundi* (Weltseele) und über spirituelle Ökologie geschrieben (www.workingwithoneness.org). Auf Deutsch erschien zuletzt *Die Matrix des Lebens. Das heilige Weibliche und die Wandlung der Welt*, Arbor Verlag 2011.

FSC
www.fsc.org
MIX
Papier aus verantwortungsvollen Quellen
Paper from responsible sources
FSC® C105338